ベリーズ文庫

冷徹騎士団長は
新妻への独占欲を隠せない

黒乃 梓

STARTS
スターツ出版株式会社

目次

プロローグ……5
月満つる夜に……9
抜けきれぬ棘……47
不測の出会い……81
寄り添う過去……115
分かつ温もり……163
かけ違う想い……213
向ける刃の先……265
私だけの価値……303
エピローグ……333
特別書き下ろし番外編　甘い香りより……343
あとがき……356

プロローグ

男はまだ納得できていない表情を浮かべていた。眉間に皺《しわ》を寄せ、端正な顔を歪《ゆが》ませている。

背が高く、無造作な黒髪の合間から鋭い眼光を覗《のぞ》かせ、それだけで他者を圧倒させる力がある。

部屋には男ふたりと女ひとり。机の上に置かれた見慣れた街の地図を三者三様に見つめ、共に同じ制服を身にまとっていた。

闇と気高さを表す黒を基調とし、光と礼節を示す赤がラインと裏地に取り入れられている。

かけられているマントは漆黒で、さらに肩章、飾緒、フロント部分にシンメトリーに並ぶ釦《ぼたん》は、すべて金で装飾されていた。

この国の、ひいては近隣諸国の人間が見れば、すぐに彼らが何者なのか理解できる。

『アルノー夜警団』の団服だ。

難しい顔をしていた男、スヴェンは視線を動かし、ついに口火を切った。

「セシリア、お前はどう見る？」

話を振られた女、セシリアは口に手を添え、しばし考える素振りを見せた。後ろでまとめ上げきれず、サイドに落ちた柔らかい金の髪がかすかに揺れる。

「なんとも言えませんね。ただ、陛下直々の命であり、アードラーのおふたりが揃《そろ》って動くということは、それなりの事案なんだとは思いますが」

「そう深く考えるなよ、スヴェン。我々は命じられたまま動くだけだ。特に今回は我が夜警団のグランドマスターであり、アルント王国国王クラウス陛下の勅令だ。余計な詮索は無用だろ」

慎重に言葉を選んだセシリアとは対照的に、もうひとりの男、ルディガーが楽観的な口調で告げた。さらさらとした色素の薄い短めの茶色い髪と、同じ色のダークブラウンの瞳が細められる。

「今回の件、私もご一緒してかまわないんでしょうか」

「自分の副官を連れていってなにが悪い？　それに、いざというとき誰が俺の骨を拾うんだよ」

不安げに尋ねたセシリアに、ルディガーがあっさりと答える。ちなみに彼女が質問した相手はスヴェンだったのだが。

「また、あなたはすぐにそういうことを……」

セシリアは呆《あき》れた面持ちでため息をついた。自分の直属の上官であるルディガーは、いつもこの調子だ。どこまで本気でどこまで冗談なのか、長い付き合いになる彼女自身もいまだによく掴《つか》めない。

石畳が剥《む》き出しで、城の内部だというのに特別な装飾もなく無機質な部屋には、ひんやりとした空気が淀《よど》む。三人の地位を鑑みれば分不相応とも取れるが、密談をするにはぴったりだ。この部屋の存在を知る人間は限られている。

蝋燭《ろうそく》の明かりがふっと揺れた。ただひとつ、換気や外部の様子を見るために設置された小さな窓の外では、夜の帳《とばり》が下りてきている。

スヴェンは視線を外にやり、重々しく口を開く。

「日も落ちた。動くぞ」

「では、捕らわれのお姫さまを助けに行くとしますか」

仰々しく言い放つルディガーに、スヴェンが皮肉めいた笑みを向けた。

「……どうだろうな。魔女かもしれない」

月満つる夜に

アルント王国の歴史は、エアトタイル大陸の出現と共に語り継がれる。

今では領土を四方に広げ、大陸すべてを統治する勢いだが、伝説によると最初は国と呼べるほど大きなものではなかったらしい。

まだアルント王国と名乗る以前にこの土地を統治していた存在から、褒美《ほうび》として領土を与えられた青年が初代王となり、国は始まったとされている。

その血を継ぐ者が歴代の王となって、王政は揺るぎなく続いていた。不思議と治世が危ぶまれるときがあっても、何世代かにひとりは王として生まれるべく資質を兼ね備えた者が現れるのだ。

まさに今の国王もそうだった。現国王クラウス・エーデル・ゲオルク・アルントは、齢二十六にして聡明《そうめい》さと人々を魅了する美貌を併せ持ち、手堅い政治手腕をいかんなく発揮している。

そして国王直属の管轄にあるアルノー夜警団は、王や城はもちろん、王都アルノーの警護も承り、人々の安穏な暮らしを維持するため官憲組織の役割も担っている。市民からの訴えを受けて、国王からの命で、ときには騎士団として近隣諸国へ赴くこともあり、その際に彼らが共通して掲げる基本理念は『必要最低限の介入を』だった。不必要に権力や武力を誇示したりはしない。それゆえ団員に対し尊敬の目を向ける者もいれば、国のお飾りだと揶揄《やゆ》し、蔑む者もいる。

実際、彼らの活躍のすべてが表沙汰にはならない。秘密裏に問題を片づけられるのなら、それに越したことはない。まさに今もそうだった。

夜の世界に覆われた王都は、暗闇が支配しつつあった。日中あんなに暑かったのが嘘《うそ》だったのか、今は冷涼な空気をもって、夏が終わり秋が近づいているのを物語っている。

街に人の気配がまったくないわけではない。各々の愛馬に跨《また》がった三人は大通りを避け、月明かりを頼りに、静かに都の外れにある大きな館を目指す。

蹄鉄《ていてつ》の音が小気味よく響き、スヴェンは目的地を目指す間も、胸中で自問自答を繰り返していた。

『ある男の館に、ひとりの女性が捕らわれているとの話だ。彼女を表沙汰にすることなく救出し、ここへ連れてきてほしい』

アルノー夜警団の最高位はふたり体制を取ることから、双璧元帥、通称アードラーと呼ばれる。その地位に就くスヴェンとルディガーがわざわざふたり揃って呼び出され、国王陛下から直接下された任務内容に、スヴェンは正直、拍子抜けした。

騎士団として派遣されるのか、戦の気配があるのかと思えば、なんてことはない。誘拐事件なら自分たちの部下でも十分に片づく案件だ。ましてや対峙《たいじ》する相手は軍人でも武人でもない、ただの貴族の男だという。

捕らわれているのが王家に関係する人間なのか……それならもっと大事《おおごと》になっているはずだ。

そもそも金のある貴族の人間が、王家の人間を誘拐するなどあるだろうか。そんな危険を冒すメリットが見えない。

考えを巡らせていると、気づけば目的の館近くに来ていた。馬を停め、歩を進める。古くも大きな屋敷は、持ち主の富の豊かさを表していた。

外には見張りの者がいたが、スヴェンたちの姿を確認するとすぐに姿勢を正した。国民でアルノー夜警団の存在を知らない者はいない。その地位の高さも。

下手《へた》な振る舞いは王家に盾突くのと同じだ。雇われた見張りは武人でもない様子で、アルノー夜警団の面々を咎《とが》めもせずに黙認する。

互いに目配せし、ここは人相のいいルディガーがドアを叩《たた》く。ドアから慎重に顔を出したのは初老の女性だった。格好からして使用人だろう。

目つきが悪いのは元々か、老眼のせいか。白髪交じりの髪をまとめ上げ、年季が入ったメイド服を着ている。

「こんばんは。夜分に申し訳ないが、メーヴェルクライス卿《きょう》はご在宅かな?」

「アルノー夜警団っ！」

笑顔のルディガーに対し、女性は小さく悲鳴にも似た叫び声をあげた。服装で客人の正体はすぐに理解できたようだ。さらにその反応から、彼らが主人を訪れた理由も大方予想がついているらしい。

女性は慌ててドアを閉め、屋敷の中で「旦那さま！」と主人を大声で呼んでいる。ルディガーの指示で、念のためセシリアは裏口へ回ることになった。

一歩引いたところで、スヴェンがなにげなく視線を上へ向ける。今宵はやけに月が大きく、闇に溶けるものを暴くかのごとく煌々《こうこう》と明るい。忍ぶには向かない満月だ。

そのとき、彼の視界に人物の輪郭が映る。屋敷の二階部分にある小さな出窓で、かすかに影が動いた気がした。

(女?)

ほんの一瞬、次に目を凝らしたときには、窓には誰の姿もない。夢か、幻か。

そこで玄関のドアが再び重々しく開いたので、スヴェンの意識はそちらに移った。中から顔を出したのはこの館の主、メーヴェルクライス卿ファーガン。

四十代と聞いてはいたが、そうは見えないほど彼は老け込んでいた。薄いというよりも抜け落ちている印象を与える頭頂部。頬は痩せて血色も悪く、眼窩《がんか》は大きく窪《くぼ》んでいる。

「これは、これは。アルノー夜警団の方が何用でしょうか？」

しゃがれた声でファーガンは答えた。顔には笑みを浮かべているが、薄っぺらく貼りつけたものだった。

「あなたではなく、あなたの客人に用があるんです」

「はて、なんのことでしょう？」

「心当たりはあるはずだ。それとも、客人という呼び方が正確ではないかな？」

穏やかに、一方で徐々に声を低くし、ルディガーは相手を追及していく。

「できれば事を荒立てたくはない。館の中を見せてくれないか？」

「それはできませぬ。私はなにも悪いことはしていない。どうかお引き取りを……」

そのとき、ドアを閉めようとするファーガンの体が突然よろめく。スヴェンが強い力でドアを引いて強引に開け、なにも言わず中に足を進めた。

「待て！　誰の許可を得て」

制するファーガンをスヴェンは一瞥《いちべつ》する。

「お前は金に困っている相手につけ入り、とんでもない額の利子をつけて私財を肥やしていたらしいな。数件訴えが出ている。その件で、強制的に連行してもかまわないんだ」

言い捨てて、迷うことなく階段を上っていくスヴェンに、懇願交じりの悲痛な叫び声が館に響く。

「やめろ！　上には行くな。そこには、私の……」

使用人たちは突然の出来事に状況が掴めずに、呆然《ぼうぜん》と立ちつくしている。

「セシリア！」

ルディガーが副官の名を呼び、戻ってきたセシリアは事態をすぐに察した。ファーガンを取り押さえる形で後ろ手を組み上げ、使用人たちにも動かないよう告げる。

ルディガーは足早にスヴェンの後を追う。勢いよく階段を駆け上がり、二階へ向かうと、奥にある部屋の前では先ほど玄関で対応した女性が、小さな体でドアを守るべくして立ち塞がっていた。

「どうか、どうかお許しください。旦那さまの希望を奪わないでください」

ガタガタと体も声も震わせ、身を縮める使用人の女性を、スヴェンは顔色ひとつ変えず見下ろす。そして彼女の肩に手をかけ軽く横へ押しのけると、彼女はあっさりとドアの前を空けた。

「スヴェン、あまり手荒な真似《まね》は……」

スヴェンがルディガーの小言を聞き流し、木製の豪華なドアを乱暴に開ければ、中には小さな蝋燭の明かりがひとつ。先ほどスヴェンが見やった窓からは、まばゆい月の光が差し込んでいる。

窓際にはひとりの女が立っており、外を眺めていた。年は十七、八ほど。まっすぐな栗色《くりいろ》の髪は背中まで伸び、肌の露出を極力抑えた土埃色《つちぼこりいろ》の控えめなドレス姿は、まるで修道女だ。

長い髪が顔の左半分を覆い隠し、その分、合間から覗く肌の白さが際立つ。

そして彼女の視線が、ゆっくりとスヴェンに向けられた。驚きで目を見開き、首を傾《かし》げた女の顔から、かかっていた髪が滑る。奥にあった瞳が姿を現し、それを見てスヴェンは息を呑《の》んだ。

「なんということだ。だから陛下は我々を……」

後から部屋に入ってきたルディガーが先に口を開き、嘆声を漏らした。

片眼異色。彼女の瞳の色は左右で異なっていた。それだけならたいした問題ではない。肝心なのはその色だ。

右目はわりと一般的なダークグリーンなのに対し、左目は空に浮かぶ月を映したかのような、くっきりとした金眼だった。まるで――。

「あなた、方は……？」

女は慌てて、髪で再び左目を隠す。続けて口から紡がれたのは、鈴を鳴らしたような小さな声だった。スヴェンが歩み寄り、どこかあどけなさの残る彼女との距離を縮める。

「アルノー夜警団だ。国王陛下の命令により、我々と共に来てもらう」

女の瞳が揺れ、なにやら思索にふけり、押し黙った。続けて、突然目の前に現れた男にまっすぐ視線を送る。

その姿勢に恐怖や困惑は見られない。ただなにかを訴えかける表情だった。

「拒否する選択肢はお前にはないんだ」

動かない彼女に痺《しび》れを切らし、スヴェンは刺々《とげとげ》しく告げた。その言葉で女は目を伏せ、一歩ずつ歩みだす。

スヴェンとルディガーに連れられ、部屋の外に出ると、廊下を灯す明かりに女は目を細めた。階下に進めば、セシリアに押さえられていたファーガンが事態を悟り、目を剥く。

「フューリエン、待ってくれ。どうか行かないでくれ！」

その場に泣き崩れて膝を折り、他者の目も気にせず、声にならない叫び声をあげる。

その振る舞いは母親に見捨てられた子どもさながらだ。

さすがにルディガーもセシリアも、悲痛な男の姿に顔を歪めた。無視して先を促すスヴェンに女は声をかける。

「あのっ、待ってください！」

彼の足が止まり、女と目が合う。

「なにか、なにか切るものを貸していただけませんか？」

彼女から続けられた内容は予想外のもので、スヴェンの眉間に自然と皺が刻まれた。

「なにをする気だ？」

女は答えず、揺れない瞳でスヴェンをじっと見据える。彼女の意図は読めないが、どうしてか無視もできない。ただ問答を繰り返す時間も惜しく思えた。

「……おかしな真似をするなよ」

「わかっています」

女の返事に嘘はないのを悟り、セシリアに視線を送る。セシリアは躊躇《ためら》いがちに、懐に忍ばせていた短剣を女に差し出した。

「ありがとうございます」

女は小さく礼を言って受け取ると、鞘《さや》から剣を抜いて、磨かれた刃を確認するように一度見る。そして次に彼女が起こした行動に、その場の誰もが目を奪われた。

女は自分の右側の髪を適当にひと房掴むと、そこに短剣を当てて、乱暴に滑らせたのだ。

ザッザッとこすれる音と共に、彼女の手には滑らかな茶色い髪が握られる。それを持ち、女はファーガンの元に腰を落とした。

「どうかあなたに、満つる月のご加護があることを」

ファーガンは呆然と髪を受け取ると、ついに涙を流し始めた。嗚咽《おえつ》交じりのすがる声は、気位の高い貴族のものとは思えない。

「フューリエン。頼む、行かないでくれ。あんたが私の最後の希望なんだ」

「ごめん、なさい。私はなにもできないんです」

苦しげに頭を沈める女を、スヴェンが強引に立たせる。

「彼女は連れていく。他の件に関しては、今回は追及を免除してやろう。どうしても異議があるなら、城まで直接申し立てに来い」

聞いているのかいないのか。ファーガンは最後まで顔を上げはしなかった。主人の様子に、使用人たちもなにも物申さない。彼らを尻目に一行は館を出ていき、馬を停めている場所へ戻る。

外気に身を晒《さら》され、女は反射的に身震いした。外套《がいとう》もなく、どう見ても薄着の彼女にスヴェンは自分のマントを外し、背中から包み込んでかけてやる。

「ありがとう、ございます」

「名前は?」

「……ライラ、と申します」

間髪を入れない質問に、女はうつむき気味に答えた。不必要に目を合わせようとしないのは癖なのだろう。

ちらりと館の方に視線を移したのを見て、スヴェンは遮るつもりでライラの肩を抱いた。

「わっ」

次の瞬間、ライラは体が宙に浮くのを感じた。こんな声をあげるのは久しぶりだ。

スヴェンはライラを抱き上げると、自分の愛馬に先に彼女を乗せ、続けて自分も鞍《くら》に跨る。

「あの」

「舌を噛《か》みたくなかったら口を閉じてろ」

冷たい言葉にライラは黙り込む。馬はゆっくりと動きだし、お世辞にも心地いいとは言いづらい振動が伝わってくる。

（アルノー夜警団……）

こっそりと、密着する男の服についている印に目をやった。

黒の盾に赤の十字。中央部には、この国の誰もが知っている王家の象徴、双頭の鷲《わし》が描かれている。アルノー夜警団の団章だ。

王国の成り立ちには、初代王の存在と共に、もうひとりの人物が語り継がれている。初代王に多くの助言を与え、王国の発展に大きく寄与した女性がいる、と。

人々は彼女を〝偉大なる指導者〟の意として『フューリエン』と呼んだ。彼女に関して謎は多く、『あどけない少女だった』『絶世の美女だった』『老婆の姿をした魔女だった』など、その外見ははっきりしない。

彼女は普通の人間ではなかった。人智《じんち》を超えた力を持ち、幾度となく奇跡を起こしたそうだ。未来を予言し、的中させ、人の心を読み、根治不可能とされていた病や怪我をも癒す。そばにいるだけで幸運や富、成功をもたらす存在。

出自も知れない初代王が王国を築き上げたのは、彼自身の優秀さはもちろんだが、フューリエンの力も大きいとされている。その証拠に、初代王は片時も彼女を離さなかった。

ところが彼女はある日突然、王の前から姿を消したのだという。

初代王とフューリエンのふたりの人物を表すため、王家の紋章は双頭の金色の鷲になったと伝えられている。

おかげでこの国では『二』という数字は縁起がいいとされ、これらが起因し、アルノー夜警団のトップも双璧元帥としてふたりの人間が務めている。今はスヴェンとルディガーがその任を担っていた。

スヴェンはこれらの情報を元に、頭の中で状況を整理する。

国民の誰もが知っている、王家の成り立ちにまつわる伝説。

しかし、伝えられる話はこれだけではない。ここからは王家に深い関わりなどがある一部の者しか知らないが、フューリエンに関しては続きがある。

彼女が特異な人物として語られる理由は、特徴的な外見にもあった。彼女の瞳は左右で色が違っていたのだ。片方の目が、輝く満月を思わせる琥珀色《こはくいろ》だったらしい。

鷲のごとく聡明で鋭い金の瞳だ、と初代王は称えた。

どこまでが真実なのかはわからない。ここで肝心なのは、嘘か本当かという話ではない。

片眼異色でさえ珍しく、ましてや片目の色が金ならば、この伝承を詳しく知る人間は、まずフューリエンを連想するだろう。

初代フューリエンの生まれ変わりや末裔《まつえい》だと信じて、彼らをフューリエンと呼び、不思議な力で幸福をもたらす存在として、あがめ奉る人間もいるとは聞いていた。おそらくファーガンは、なにかしらの繋《つな》がりでこの情報を得たのだろう。

自分にもたれかかっているライラを軽く見下ろす。この状況なら瞳の色どころか、今は顔を確認することもできない。

けれど、一度見たらけっして忘れられない。月明かりに照らされたあの部屋で目が合ったライラの姿が、脳裏に焼きついている。

話は聞いたことがあっても、実際に片方の目のみが金色の人間を見るのは初めてだった。

舗装された山道を馬が駆け上がる。王の、そして自分たちの居住地でもあるアルント城がほどなくして見えてきた。

アルント城は街を見下ろせる高い位置にある。歴代に渡り、増築を繰り返した結果、要塞を兼ねた石造りの頑丈さと、宮殿としての華やかさを併せ持ち、高さの揃わないいくつもの尖塔《せんとう》の青い屋根が目を引く。

日光を浴びた城は黄金色に輝き、王家の威光を放つ、と人々の間では言われていた。

城門をくぐり、男ふたりは自分の愛馬をセシリアに任す。いつもなら厩役《うまやく》に預けるところだが、今回の件は秘密裏に進めるのが条件だ。

ライラを連れ、スヴェンとルディガーは国王の元へと急ぐ。夜の城は耳鳴りがするほど静かだった。

「ご苦労。よくやってくれた」

玉座から凛《りん》とした声が響く。赤と金で見事なまでに装飾された豪華絢爛《けんらん》な謁見の間で、王は彼らを待ちかまえていた。

明るい光を集めたかのような金髪。思慮深さを思わせる鉄紺の瞳。部屋に対し、けっして見劣りしない誰もが目を引く容姿で、身にまとう深藍の衣装には王家の紋章と金の細工が施されている。

王のみが座ることを許されている玉座にゆったりと腰を下ろし、肘かけに体を預け、帰還者たちを優雅に見下ろしている。口元にはわずかに笑みが浮かんでいた。

ライラを真ん中に、両側で膝をついて頭を下げている男たちに対し、わざとらしく王としての口調を放棄してみせる。

「そう形式張らなくていい。今回の件は俺の個人的な事情でお前らに命じたんだ。気楽にかまえろ」

その言葉で、スヴェンとルディガーがおもむろに顔を上げた。

今は国王という立場にある彼だが、元々スヴェンとルディガーとは同い年で、幼《おさな》馴染《なじ》みの間柄だった。王の視線はライラに移る。

「名はなんという？」

身の置き方に迷っていたライラは慌てて膝を折り、頭を沈める。

「ライラ・ルーナと申します。お目にかかれて光栄です。クラウス・エーデル・ゲオルク・アルント国王陛下」

ライラは声を震わせながらも、懸命に体裁を整えようとした。目まぐるしく変わる自分の状況に、頭も気持ちもついていかない。

「楽にしろ。取って食おうというわけじゃない。突然の事態でお前も混乱しているだろうが、いくつか質問に答えてほしいんだ」

「はい、陛下。なんなりと」

「まずひとつ。お前と同じ片目が金色の者は他にいるのか？」

その質問の意図するところはわからないが、ライラはとにかく無礼がないよう王の問いかけに答えるのが精いっぱいだった。

「直接は存じ上げません。ですが同じ血を引く者の中には、私のような者もいると聞かされました。現に、亡くなった私の伯母《おば》もです」

「あの男の元へ来た経緯は？」

そこでライラは、ぽつぽつと自身の身の上を語り始める。

生まれは、隣国との境目に跨る大山脈の山あいにある小さな村だった。両親はライラが生まれてほどなく、流行《はや》り病で他界。そのため両親の記憶は彼女にはあまりない。

母方の伯母の元で育てられ、慎ましく平穏に暮らしていたが、物心がつくかつかないかの頃に伯母も亡くし、事態は一変。身寄りのなかったライラは村人に連れられ、孤児院に入ることになった。

『グナーデンハオス』と呼ばれる、王都の西南に位置する施設は、母体は教会らしきもので、ライラみたく事情があって両親と一緒に暮らせない子どもたちを引き取り、世話をしていた。

そこでも目に関してずいぶんとつらい思いをしたが、グナーデンハオスはライラにとって人生における二番目の家であり、世話をしてくれたシスターや仲間は家族でもあった。

暮らしはけっして豊かなものではなかったが、シスターは子どもたちに字を教え、単に生活させるだけではなく、必要な教育も与えた。それはいつか、すべての子どもたちがここから出て独り立ちするための配慮だった。

おかげで養子として出ていく者や、独立して孤児院を後にする者など、それぞれ歩む道は違ってはいても、一定の年齢が来れば皆巣立つことができた。

その中でライラは自分の瞳の色に引けを取り、髪でいつも左目を隠していた。

養子を希望する貴族たちが見学にやってきても前に出られず、次々と引き取り先が決まって孤児院を離れていく仲間たちを何度も見送ってきた。

いつしかライラは子どもたちの面倒を見る側になっており、シスターのようにここに仕えるのもいいかもしれない、と思い始めていた。

ところが、木々が雨に濡《ぬ》れて鮮やかに生い茂り、孤児院の庭に咲いていたアナガリスが青色の花を咲かせたある日、夏の訪れを知らせる空気に交ざり、メーヴェルクライス卿ファーガンがグナーデンハオスにやってきたのだ。

「彼はどういうわけか私を指名し、ぜひ自分が引き取りたいと申し出てきました」

ライラは一度目を閉じる。ありありと蘇《よみがえ》る光景を静かに頭に浮かべていた。

「嬉《うれ》しかったです。やっと誰かに求めてもらえた、私を選んでもらえたと思いました。ですが彼は私を娘として扱うのではなく、『フューリエン』と呼んで祈りを捧《ささ》げ始めたんです」

引き取られた先での生活は、孤児院にいたときに比べると悪くはなかった。

まっさらな服、温かい食事、大きなベッドなどがあてがわれ、世話はファーガンの使用人である中年の女性がすべてを請け負い、ライラに必要なものを与えた。

ただし、いつもライラのそばには誰かがおり、見張られている状態だった。外に出るのも許されず、ファーガンは毎日ライラの元を訪れ、『私をお助けください』と懇願して祈っていく。そんな生活が延々と三ヵ月半続いた。

「彼は、おそらくなんらかの病に侵されていたんだと思います。私にはなにも力はないと言っても聞き入れてもらえず、日に日に弱っていく彼を見ることしかできなかった。私の瞳がこんな色でなければ……」

そこでライラは罪を告白するかのごとく深く頭を沈め、切羽詰まった声で続ける。

「陛下、確かに私は初代国王の前に現れたというフューリエンと同じ瞳の色をしています。しかし、私に未来を見通し、病を治すなどの特別な力はなにもなく、身に覚えもありません。陛下にとって有益なものをもたらすことは、けっして……」

「面を上げろ」

抑揚なく放たれた王の命令に従い、ライラは唇を真一文字に引き結び、ゆっくりと頭を上げた。

「その瞳を今一度、見せてくれないか」

ライラは髪に隠れたままでいる左目を見せるため、髪を掻《か》き上げる。肌に触れる空気も、自分に向けられる視線も、突き刺さりそうなものだった。

ライラは瞬《まばた》きひとつせず、両目で王をじっと見つめる。彼の顔が切なげに歪んだ。

「美しい。まるで今宵の満つる月だな。だが、お前は俺の求めている人物ではなかったようだ。……ライラ、お前は今後どうするつもりだ？」

髪を上げていた手を離し、再びライラの左目は隠された。

「グナーデンハオス……孤児院に戻ろうと思います」

自分の居場所はそこしかない。当然の答えだった。そこで今まで通りシスターの手伝いをして、子どもたちの世話をしたい。

ファーガンの元に戻る選択肢はなかった。彼を嫌っているわけではない。なにかをされたわけでもないし、あの状態で置いてきてしまった彼の今後も気になる。とはいえ、なんの力もない自分がフューリエンとして扱われるのは耐えられなかった。

ところがライラの返答に、王はシニカルな笑みを浮かべる。

「やめておけ。またフューリエンを狙う輩《やから》がやってくるぞ」

王の言葉の意味がとっさに理解できずに、ライラは愕然《がくぜん》とした。

「どういう、ことでしょうか？」

「幸か不幸か、孤児院暮らしのおかげで今までお前の存在は表立っておらず、フューリエンに関しては噂《うわさ》程度だった」

ライラは固唾《かたず》を呑んで王の話に耳を傾ける。スヴェンとルディガーは、王が続ける内容をあらかた予想できた。

「しかし現在、メーヴェルクライス卿が孤児院から貴重なフューリエンと思われし人間を引き取ったというのは、一部の人間の間では知られる事態になっている」

それは今の状況が物語っている。王がどこで自分の情報を得たのかライラには想像もつかないが、少なくとも本人の知らないところで話が回っているのは理解できた。

「お前が孤児院に戻ったとなると、それを聞きつけたやつがまた現れるぞ。それこそメーヴェルクライス卿のごとく、フューリエンの存在を心から望む者がな」

ライラの背筋に悪寒が走る。ファーガンはライラが外に出るのを異様に恐れ、窓やドアには鍵をかけていた。そして、けっして家人以外に会わせようとはしなかった。小鳥が自分で鳥籠から出ていく事態を危惧するのと同時に、外から籠の中の小鳥を狙う猫にも警戒していたのだ。

「メーヴェルクライス卿はまだよかった。お前を館の中に閉じ込め、祈りを捧げる程度だったのだから。だが、フューリエンを欲しがる人間が彼のような者ばかりとは限らない」

ライラは震えだす自分の体を、ぎゅっと抱きしめる。改めて自分の置かれていた状況は異質なものだったのだと悟った。ひっそりと暮らしていた自分が孤児院の外に出たことで、事態が思わぬ方向に進んでいるのだという現実も。

このまま孤児院に戻ったとしても、シスターや子どもたちに迷惑をかけてしまう可能性もある。

「心配しなくていい。これもなにかの縁。そもそもこの状況を作っているのは、王家の伝承によるものだ。お前の面倒は城で見てやろう」

「ですが」

「なに、どうせ一生の話ではない。ときにライラ、お前はいくつになる？」

王の脈絡のない質問に、アードラーのふたりは意図が読めない。逆にライラは顔を強張《こわば》らせ、硬い声で返事をする。

「……間もなく十八になります」

「ならば〝もうすぐ〟というわけか」

含んだ笑みを浮かべる王に、ライラは畏怖の念を抱く。

「陛下、あなたはどこまで私……フューリエンについてご存じなのですか？」

「どうだろうな。少なくともお前の知っている情報は把握している、とでも言っておこうか」

もったいつけた言い方だった。会話についていけない男共に説明してやるつもりで、王は軽い口調で語りだす。

「フューリエンの末裔が持つ瞳の金の色は、生まれながらのものではあるが、永遠ではない。そうだな、ライラ？」

王の投げかけを受け、ライラは静かに頭を下げる。

「はい。血を引くといってもどこまで正確かはわかりませんが、金の瞳を受け継ぐのは女児だけ。もちろんすべての者ではありません。さらに片目の金色の輝きは、十八の年が来れば本来の色に戻るのです」

フューリエンの話は知っていたが、今の内容はスヴェンやルディガーにとっては初めて知る事実だった。王がライラに年齢を聞いた理由に合点がいく。

「伯母もそうだったと聞いています。私は今、十七。私が生まれたのは、その年に初めて雪が降った日の朝だったそうです。なので私ももうすぐ十八となり、この瞳の金色も例に漏れず消えるかと」

「そう長くないならなおさら、ここに身を置いておいたらどうだ？」

王の提案に、ライラはしばし思考を巡らせる。孤児院に迷惑をかけるわけにはいかない。とはいえ、他に行くところもすぐには浮かばない。

しばらくして決意を固め、ぎゅっと唇を強く噛みしめた。

「陛下の慈悲深さ、痛み入ります。感謝してもしきれません。ならばご厚意に甘え、この瞳の色が消えるまでお世話になってもかまいませんか？」

「もちろんだ。余計な気を回さず、好きに過ごせばいい。……ただし、ひとつ条件がある」

そこで言葉を区切ると、王はライラの両側でそれぞれ控えているアードラーのふたりを見やった。スヴェンとルディガーは王の視線の意味がわからず、互いに目線を交わらせる。

続けて紡がれた王の言葉に、今日一番の動揺がこの場に走った。

「城にいる間だけでかまわない。ここにいるどちらかの男と結婚してもらおう」

「陛下、なにをっ」

先に声をあげたのはルディガーだった。ライラに至っては、あまりに突拍子もない条件に声さえ出せない。爆弾を落とした本人は何食わぬ顔だ。

「城の中とはいえ、外からの出入りがないわけではない。原則、彼女をひとりにはできないだろう。そうなると昼はともかく、夜はどうする？　お前らが仰々しくただの客人のそばにいたら不自然だろ」

王は立て板に水のごとく続けた。その表情はどこか面倒くさそうだ。

「彼女がフューリエンという事実を伝えるのは内々の……俺の信頼した人間だけに留め、極力伏せておきたい。結婚はいいカモフラージュになる。同じ部屋に置いておけるし、夜も心配ないだろ」

そこでひと息つき、王はまだ納得しきれていない男共に笑ってみせた。

「それに、そろそろアードラーのひとりから浮いた話くらいあってもいいんじゃないか？　今は治世も落ち着いているからなおさらだ」

国家が緊迫した状況にあるならいざ知らず、国王陛下をはじめアードラーさえ誰ひとりとして結婚していないのは、これはこれで問題だった。

結婚を勧める者も後を絶たず、国民はめでたい話を期待している。そういう事情も加味しての王からの提案だ。

「彼女の存在を下手に隠せば、不審がる人間も現れる。なら逆に公表してやればいい。アードラーの結婚相手だってな」

ライラはただ呆然と王を見つめる。自分の話をされているとは思えないほど、衝撃的な展開だ。

王はマイペースに話を続ける。

「なに。所詮この国では、結婚は紙切れ一枚のこと。神に誓うわけでもない。宣誓書に国王のサインさえあれば夫婦として認められる。別れるときも同じだ。理由はどうとでもなる」

アルント王国では、男女共に十五歳で結婚が認められる。その際に教会で神に愛を誓い合う者は少なく、王の署名が入った宣誓書の方が大きな効力を持つ。

それはこの国で、神よりも王の方が人々の崇拝する象徴であり、絶対的な力の強さがあることを物語っていた。

「どうだ、ライラ。すべては表向きの名ばかりの結婚だが、どちらもいい男だろ。お前に選ばせてやろうか?」

玉座からおかしそうに問いかけられ、ライラは改めて両隣の男を交互に見た。

鳶色《とびいろ》の髪で、表情や口調など柔らかで聡明そうな雰囲気の男。一方、黒髪で眼差《まなざ》しは鋭く、威圧感を放つ無愛想な男。

どちらも王の言う通り、地位も容姿も申し分はない。対照的なふたりを選ぶ云々《うんぬん》の前に、まだライラは自分の身に起きた出来事が信じられなかった。

「俺がその話を受けましょう」

ライラの答えを待たずして、スヴェンが静かに名乗り出た。彼以外のすべての人間の視線が集中した。王はわずかに目を丸くさせ、口元を緩める。

「珍しいな、スヴェン。お前なら、こちらが指名しても素直に首を縦に振るとは思えなかったが」

「陛下の命令なら従うまでです。これはそういう案件なのでしょう?」

強い眼光が下から王を捉える。王はゆっくりと頷《うなず》いた。

「ああ、そうだ。お前らが渋ったとしても命令するまでだ」

スヴェンは納得したように息を吐き、視線を王から落とす。その目は隣へと向けられた。

「ルディガー、かまわないな」

「あ、ああ」

一応もうひとりの候補に確認を取る。ルディガーもスヴェンの行動が意外だったのか、どこか生返事だった。ルディガーに代わり、王が揶揄する。

「どうした、やけに積極的じゃないか」

「彼女を先に見つけたのは俺ですから。それに、次々と舞い込んでくる縁談を鬱陶しく思っていたのも事実です」

感情を声に乗せることなく、スヴェンはきっぱりと言い捨てた。王はまだ混乱しているライラに声をかける。

「この男はスヴェン・バルシュハイト。もうひとりの男、ルディガーと並び、アルノー夜警団のアードラーだ。……スヴェン」

名を呼び、王の視線はスヴェンに移った。

「とりあえず時間も時間だ。ひとまず今日は彼女を客室へ案内してやれ。護衛は客人用に別の人間を待機させておく。彼女の世話はマーシャにでも話しておこう。お前も今日はもう休め」

スヴェンは胸に腕を添え、国王に敬意を払う姿勢を取り、ゆっくりと立ち上がった。

「部屋に案内する。ついてこい」

「は、はい」

ライラは返事をすると、王に深く頭を下げて体勢を整え直し、言われるがままスヴェンの後を追った。部屋には王とルディガーが残る。

「スヴェンはできる男だが、なかなか手強いだろうな」

「お前な、彼女が自分の探していた相手じゃなかったからって、俺たちで遊ぶなよ」

王のひとりごとに、ここに来てようやく幼馴染みとしてルディガーが接した。声には不信感がありありと滲《にじ》んでいる。それをかわして王は口角を上げた。

「ひどい言われようだな。ライラの身を案じてこそだろ。お前もしっかりフォローしてやれ」

「言われなくてもそのつもりだ。にしても彼女、あいつとうまくやれるだろうか」

ルディガーが心配しているのはもちろん、スヴェンとライラのことだった。どう贔屓《ひい》目《き》に見ても気が合いそうには思えない。

そもそもスヴェンが女性に優しくするのが、ルディガーには想像できなかった。スヴェンの言った通り、彼自身もこの結婚を利用する腹積もりだろう。ある意味、ライラに同情する。

「それこそ見物《みもの》だな。暇潰しにはちょうどいい」

　王のあっけらかんとした切り返しに、ルディガーは思わず肩を落とす。

「ルディガー、お前ももう休め。そしてセシリアにもこの件は伝えておけ。ライラと同性だから、なにかと親身になってやるといい。ただし、夜警団の中でも情報はそこまでだ」

「了解」

　やれやれといった感じでルディガーは首を横に振る。王はさらにルディガーに投げかける。

「スヴェンが自ら名乗り出たのは、あながち俺のためでも彼女のためでもなく、お前のためだったんじゃないか？」

　その指摘は聞かなかったことにして、ルディガーは改めて胸に手をやり、頭を下げ、型通りの挨拶をしてから謁見の間を後にした。


「あの、バルシュハイト元帥」

　ライラはぎこちなく、自分の前を歩く男に声をかけた。時間が遅いのもあり、声は小さかったが、静まり返った城の廊下にはよく響いた。

目の前の男は足を止める。

「私のせいでご迷惑をおかけして、すみません。ですが、本当に私と結婚を……？」

びくびくしつつもライラは尋ねた。元々、大人の男性にはあまり慣れておらず、さらに愛想もなく威圧感だけは人一倍のスヴェンは、ライラにとって気後れしてしまう存在だった。

「国王陛下の命令だ」

冷たさに拍車をかけて、スヴェンは端的に返した。再び前を向いた彼の後を、ライラは無言でついていく。

案内された部屋は、かなり立派なものだった。蝋燭の明かりに灯された室内には、小さな天蓋つきのベッドと、装飾が重厚な机と椅子。

ファーガンの家であてがわれていた部屋よりも広く、豪華さも比較にならない。至るところに王家の紋章である双頭の鷲の金細工が施され、異様な存在感を放っていた。

そして、まじまじと室内を見つめて呆《ほう》けているライラに声がかかる。

「字は書けるのか？」

「は、はい」

突然のスヴェンの問いかけに、慌てて答えた。彼はライラの方を見ようとはしなかった。

そこでライラの視線が窓の外へなにげなく向く。ファーガンの家で見たときよりも離れてしまったが、丸い月が遠くの夜空に浮かんでいた。

「今宵は月が綺麗《きれい》ですね」

なにげなく話題を振った。月はライラにとっての癒しであり、特別な存在だったからだ。

「俺にとって満月は忌むべき存在だ。好きじゃない」

ところが、返ってきたのはあまりにもばっさりと切り捨てる言い草で、ライラの顔が強張る。

「朝、お前の世話をする人間が部屋を訪れる。それまでは部屋からけっして出るな。なにかあればドア越しに声をかけろ。警護の者が対応する」

「……はい」

用件だけを伝え、部屋を出るスヴェンを、ライラは静かに見送った。

ひとりになり、窓際にそっと歩み寄る。気を使わなくても、足音は上質な絨毯《じゅうたん》に掻き消された。

（私、これからどうなるんだろう）

顔にかかっている髪を耳にかけ、金色の瞳にも月を映す。
月を見るたびにライラは、かすかに記憶の中に残る幼い日の自分、そして伯母との
やり取りを思い出す。
『伯母さん、私の目の色が変だって皆が言うの』
この瞳の色でからかわれるのは何度目か。子どもたちは直接的な言葉で、大人たち
は間接的な態度で、ライラの瞳について畏怖や好奇の目を向けてきた。
自分が他の人間と違うのは理解できる。でも、自分ではどうにもできない。その葛
藤が幼い心に重くのしかかる。そんなライラに、伯母はいつも申し訳なさそうな顔を
しながらも優しく諭すのだった。
『ライラ、あなたの瞳の色はとても大事な印なの』
『しるし?』
ライラと目を合わせるために腰を屈《かが》め、伯母は微笑《ほほえ》んだ。
ライラと同じ栗色の髪。ライラとは違い伯母の髪はふわふわで、その髪に触れるの
がライラは好きだった。
『そう。伯母さんもそうだったから、あなたの気持ちは痛いほどわかるわ。でもずっ
とじゃない』

『ずっとじゃない？　いつになったら治るの？』

伯母の言葉に声を弾ませ、希望の炎が心に灯る。しかし伯母は曖昧な表情になった。

『そうね……あなたがもっと大きくなって、素敵な人に出会って恋をする頃かしら？』

『こい？』

聞き返すライラに、伯母は困った顔で笑う。そしてライラの額に軽く口づけた。

『ライラの瞳はお月さまみたいに綺麗よ。どうかあなたに、満つる月のご加護があることを』

こんな会話を何度交わしたのか。もっと聞きたいことがあった。知りたいことがあったのに。直接、伯母の口から聞けたのはこれだけだ。

ライラが自分の瞳について詳しく知ったのは、孤児院に入ってからだった。不確かな記憶をたどれば、自分がグナーデンハオスにやってきたのは六、七歳の頃。

そして十二歳になって迎えた初めての春、シスターからある手紙を受け取った。差出人は伯母で『十二歳になったライラへ』と宛名に書かれていた。

この手紙はどこから来たのか。シスターはライラが孤児院に預けられた当初、渡された荷物の中に入っていたと説明した。

手紙には初めて知る事実ばかりが記されていた。自分が王家の伝説に登場するフューリエンに関係するなど、にわかには信じられない。この瞳の色が本当に消えるのかどうかも怪しい。

でも疑ったところで、他に信じるものもない。この孤児院で慎ましく生きていく。十二歳の少女はすでに自分の未来を決めていた。

いつか誰かに必要とされるかもしれないと思ったりもした。迎えに来てくれる人がいるかもしれない、と。

その願いとは裏腹に、初対面の人間がこの容姿を見ればどんな反応をするのか、ライラは嫌というほど思い知っていた。もう期待はしない。

あれこれ思いを巡らせ、息を吐く。とりあえず今日は休もうとベッドに近づいた。用意されていた寝間着に手を伸ばそうとしたが、なんだか受け入れられず、そのまま体をベッドに倒す。

(ここにいるためとはいえ、私、本当に結婚するの?)

なにも知らない男との結婚。さらには自ら結婚相手にと名乗り出た男は、どう見ても形だけ、渋々といった感じだった。きっと必要以上に関わるのを望んでいない。

(結婚ってこんなに簡単にできて、こんなにも呆気《あっけ》ないものなんだ)

孤児院に来たばかりの頃、シスターに連れられて外出した先で、ライラはたまたま結婚式の場面に遭遇した。

純白の衣装に身を包んで微笑む花嫁はとても綺麗で、見ているこちらまで温かい気持ちになる。彼女のそばには夫となる男性が優しく寄り添っていた。

お互いに想い合っているのが伝わってきて、ライラは純粋に憧れの眼差しを向けた。

いつか自分も花嫁になれる日が来るのだろうか。

伯母が話していた〝恋〟というものをして、大好きな人と結婚をする。それはきっと、このうえない幸せだ。

目の前の花嫁に未来の自分を重ねた。自分の相手は想像もつかないが、彼女の隣にいる新郎と同じく笑っていてくれたら嬉しい。

淡い希望を抱く一方で、左目を隠している現状に、幼くもライラは胸を痛めた。

もしかすると自分には、分不相応な夢なのかもしれない。

でも憧れるだけなら許されるはずだ。たとえ叶《かな》わないとしても。

(わかっていた、ことじゃないの――)

現状を噛みしめ、ライラは幼い頃の思い出を払いのける。続けて自身にしっかりと言い聞かせる。

(多くは望まない。今あるものに感謝する)

柔らかいベッドは文句なしの寝心地だった。その反面、心は重く沈んでいく。

(平気。生きているだけで恵まれているんだもの。今までだって乗り越えてきたんだから、この先だってきっと大丈夫。私には両親と伯母さんと、そして――)

なにげなく自分の左目を手で覆った。

「どうか満つる月のご加護があることを」

捧げた祈りは、部屋の空気にすぐ溶ける。

ライラはゆっくりと瞼《まぶた》を閉じた。

抜けきれぬ棘

「おはようございます。よく眠れましたか？」

女性にしてはやや低めの声が、ライラの耳元に届いた。目を開け、がばりと身を起こせば、煉瓦色《れんがいろ》の服に白い前かけを身にまとった年配の女性がベッドの傍らに立っていた。

銀に近い白い髪はきっちりと後ろでまとめ上げられ、たるみのひとつもない。逆に、顔に刻まれた皺の数は、彼女の年齢をしっかりと物語っていた。

「あの」

「マーシャ・ブラオンです。陛下からあなたの身の回りのお世話を仰せつかりました。瞳の件も聞いております」

ライラは慌てて手櫛《てぐし》で髪を整えて、マーシャに向き直る。

「すみません。どうぞよろしくお願いいたします」

「ご安心ください。私はこれでも陛下が幼い頃からお世話をしてきた身でもあります。どうぞお心を許し、なにかありましたら遠慮なくおっしゃってくださいね」

「はい。ありがとうございます」

マーシャはあまり感情が顔に出ないタイプだった。口調も一本調子で厳しい印象を与える。一方で、かけられた言葉に嘘はないのが伝わってきて、ライラは口元をわずかに綻ばせた。

「さっそくですが、まずは朝食にしましょう。お召し物も合わせないとなりませんし、髪も整えねばなりませんね。急《せ》かすようで申し訳ありませんが、スヴェンさまがいらっしゃるまでに支度を済ませるよう言われておりますので」

そういえば、城の中を案内すると言っていたのを思い出す。結婚する相手だというのに、スヴェンに会うのがライラは少々怖かった。またあの冷たい瞳を向けられたらと思うと胸が苦しくなる。

ライラの気持ちなど知る由もなく、マーシャは手際よくベッドにテーブルをセットし、朝食の準備を始めた。

いい香りがライラの空腹を刺激する。ふわふわのスクランブルエッグと、カリッと焼けたベーコンに、まずは目を奪われた。

広大な土地を持つアルント王国には自然も多く、食糧には恵まれていた。人々は穀物や野菜などを自分たちで育て、生計を立てていたりする。近所に赤子が生まれたら鶏を二羽潰し、皆で祝うという習わしもあるほどだ。王家管轄の土地でも、移動用の馬をはじめ、食用のためにも多くの家畜を育てている。

食事を済ませ、片づけた後、マーシャはあれこれと持ってきた服をライラに合わせていく。最終的にはライラの好みもあり、彼女が身を包んだのは菫色《すみれいろ》の控えめなワンピースだった。

刺繍《ししゅう》などの飾りは必要最低限で、丈は足元まで覆うほどの長さがある。長袖のため肌の露出は極力なく、どちらかといえば地味な印象だ。

マーシャはライラを鏡台の前に座らせると、絡みのないまっすぐな髪を軽く梳《と》かしていく。そしてざっくりと切られたライラの右側の髪に鋏《はさみ》を入れ、不自然にならない程度に丁寧に整え、直していった。切った方に長さを合わせて左側も切ろうとするとひと苦労なので、とりあえずの救済処置だ。

「洋裁は昔から得意ですから。私の裁つ布地には、いつも一寸の狂いもありません」

自信溢《あふ》れる言葉通り、マーシャの鋏さばきは見事なもので、ライラは思わず見とれてしまう。

気持ち的に、長さの揃った右側がさらに軽くなった気がした。基本的に左側は髪で瞳を覆い隠しているので、その対比もあるのだろう。

身支度をすべて終え、ホッとひと息ついたところで部屋にノック音が響いた。ライラはとっさに背筋を正す。マーシャがドアを開けると、予想通りの人物が顔を出した。

「支度は済んだか？」

「は、はい」

椅子から立ち上がり、ライラは敬礼しそうな勢いで答えた。現れたのはスヴェンで、マントはないものの、昨日と同じ赤と黒の団服を着ている。その表情はやはり愛想の欠片《かけら》もなく冷たい。

スヴェンはライラの元まで歩み寄ると、机の上に紙とペンを置いた。

「これに署名を」

端的な物言いに、慌ててライラは書類の内容を確認する。【結婚宣誓書】の文字が目に入った。

この国では、定められた形式に添って作成した宣誓書に、結婚するふたりの名を直筆で記し、最後に国王の承認を受ければ婚姻関係が認められる。

民衆の間では、結婚してから一ヵ月ほど、この誓約書を家の前に貼り出すのが通例だった。

「字は書けるんだろ？」

早くしろと言わんばかりの口調。昨夜確認されたのを思い出し、ライラはぎこちなく頷き、ペンを取った。用紙は提出用と自分たちの保管用と二枚ある。

ここに名前を書けば、国王がサインをすれば、自分はこの男の妻となってしまう。切羽詰まったものも悲観めいたものも、なにもない。所詮、別れるときも同じ手順だ。ただ現実味だけが湧かないまま、ペンを走らせた。自分の名前を書くのはいつぶりか、緊張しながらも丁寧に名を記す。

ペンを受け取ったスヴェンはライラとは対照的に、なんの躊躇いもなくひと続きでさらりと自分の名を書いた。そして待機していたマーシャに用紙を差し出す。

「これを頼む」

「はいはい。きちんと届けて参りますよ」

面倒くさそうではあるが、断る選択肢などマーシャにはない。彼女は書類にざっと目を通し、一礼すると部屋を後にした。

「城の中を案内する。ついてこい」

ふたりきりになったと意識する間もなくスヴェンに促され、ライラは身ひとつで彼におとなしくついていく。

部屋の外に出ると、城の廊下は昨日とは違った印象を与えた。つけられた窓はどれも高い位置にあり、そこから降り注ぐ太陽光を内部でうまく反射させ、明るさを保っている。

磨かれた床は壁と同様、明るい色で外からの光を受けて輝いていた。辺りをきょろきょろと見渡すが、城の広さなどライラには皆目見当がつかない。

中庭をぐるっと囲んで建てられた構造上、王の主な活動場所となる執務室や謁見の間などは、城門から最奥に置かれている。ライラの使っている客間は比較的、王の部屋の近くにあった。

他にも使用人たちの居住空間や食堂、大広間など、あらゆる用途を目的とした部屋がいくつもある。そういった説明をスヴェンが淡々と口にするが、そこには余計な会話も情報も一切ない。

「改めて紹介したい連中がいる」

やっと話題を振られ、ライラはスヴェンを見る。連れてこられたのはアルノー夜警団、正確にはアードラーにあてがわれた部屋だった。

木製のドアをノックし、中からの返事を待たずしてスヴェンはドアを開けた。

「連れてきたぞ」

スヴェンに続いてライラも中に入る。机に向かって書類に目を通し、正面に立つセシリアと会話をしていたルディガーが視線をよこした。

同じくセシリアの目も向けられる。ふたり共、団服をきっちりと着こなして職務中だった。

「昨日はお世話になりました。改めまして、ライラ・ルーナと申します」

先に挨拶したライラに、ルディガーは立ち上がって笑う。

「昨日は突然驚いただろ。調子はどうかな？　よく眠れたかい？」

「はい」

ライラの元まで歩み寄ると、胸に手を当て、軽く頭を下げた。

「名乗るのが遅くなって悪かったね。俺はルディガー・エルンスト。スヴェンと同じアードラーを務めている。こちらは副官のセシリア」

ルディガーの言葉と目線を受け、上官から一歩下がった位置でセシリアが静かに口を開く。

「セシリア・トロイと申します。アルノー夜警団に所属し、エルンスト元帥の副官をしています。事情は少し聞きました。いろいろと大変でしたね」

抑揚はあまりないが、労《いた》わる口調のセシリアに、ルディガーはさっと近づくとわざとらしく彼女の肩に手をのせた。

「セシリアは頭も切れるし、気も利く。同じ女性だし、なにかあれば彼女に相談すればいい。もちろん俺でも力になれることがあるなら遠慮はいらないよ」

「ありがとうございます。よろしくお願いします」

事情を知っているルディガーとセシリアの存在に、ライラはいくらか気持ちを浮上させる。しかしスヴェンから釘《くぎ》を刺すように先を続けられる。

「お前の瞳の色とフューリエンに関する事実は、夜警団では俺たちしか知らない。基本、城の中は安全だろうが、あまり不用意に出歩いたり、ひとりになったりしないよう心がけておけ」

「おい、スヴェン。そんな押しつける言い方をするなよ」

「面倒事を増やされるのはごめんだ」

ルディガーのフォローをあっさりと切り捨て、さっさと部屋を後にしようとするスヴェンにライラも倣う。

ルディガーとセシリアはなにかの打ち合わせ中だった。長居は無用だ。軽く挨拶を告げ、部屋を出た。

「バルシュハイト元帥に副官はいらっしゃらないのですか？」

「いないし、俺には必要ない」

質問に答えると、スヴェンがライラに向き直った。

「俺の仕事部屋は隣だ。その奥が自室になる」

スヴェンの言葉を追ってライラは目を動かす。

アルノー夜警団の団員は三百人近くいるが、この城で、ましてや王のそばで生活する者は限られた一部の人間だけだ。

結局、スヴェンの部屋は見せてはもらえず、城の中の案内が再開された。

受け身で説明を聞く一方だったライラだが、城の入口近くに来て、思いきって自分からスヴェンに声をかける。ずっと気になっていたものがあった。

「あの、外を、中庭を見に行ってもいいですか？」

勇気を出して放った言葉に、スヴェンは表情をまったく変えず、了承の意も却下の意も唱えない。代わりに一度ライラから視線を逸《そ》らして、外に歩を進めだした。その後をライラは子どもみたいについていく。

ファーガンの屋敷にいたときも、ずっと部屋の中だけで生活してきた。その反動もあり、ライラはできれば広い外を見て、澄んだ空気に触れたいと願ってしまう。

今日は雲に太陽が隠れているせいか、日中でもあまり気温は高くなく、薄暗い。中庭は建物に囲まれているおかげで余計にだ。

それでもライラの心は嬉しさで弾んでいた。

中庭にはさまざまな植物が植えられ、季節的に彩りは寂しいが、緑が生い茂っている。井戸や小さな池などの貯水設備もあり、物珍しそうに顔を動かしてそれらを見つめた。

そして庭の一角に設置された、区切られて屋根があるガゼボに注意がいく。くすんだ緑色の装飾と柱で囲まれた内部は、明らかに観賞用ではなく、密集して植物が植えられている。

今までずっとスヴェンの後ろが定位置だったライラだが、ここに来て彼の前に立ち、興味深そうにそこへ近づいていった。

「ここ、なんですか?」

「薬草園だ。今は管理する者がいないから荒れている」

スヴェンの言葉を肯定するべく、本来、入口部分となる箇所はなにかの葉っぱが塞ぐように覆っていて、長らく人の手が加わっていないのを物語っている。

「中に入ったりは、できないんでしょうか?」

遠慮がちにライラが尋ねると、スヴェンは煩わしそうな顔で、入口を覆う葉に手を伸ばした。乱暴に端に寄せて払いのけ、スペースを空ける。

古くなった木の枝がちぎれる音と共に、入口がこぢんまりと中を覗かせた。

「あ、ありがとうございます」

そこまでするスヴェンの行動が、ライラにとっては正直、意外だった。素直にお礼を告げると、忍び込む足取りで薬草園に入る。

「すごい。立派……」

持ち前の生命力で繁茂しているものもあるが、中は思ったよりも荒れていなかった。

「クリーアだわ。ハイレンの実もある！」

見知っている植物の名を呼び、近くまで行くと嬉しそうに顔を綻ばせた。あれこれ首を動かし、内部を眺めてから、ふとスヴェンの方に視線を投げかける。そしてライラの血の気がさっと引いた。

「手、大丈夫ですか？　もしかしてさっきの葉で？」

慌てふためき、足早にスヴェンの元に歩み寄る。彼の手の甲は細かい切り傷ができて、血が滲んでいた。

スヴェンも指摘されて気づいたのか、なにげなく自分の手を浮かして確認する。その手にライラが触れた。

「エアケルトュングの葉でしょうか？　あれは小さくて鋭い棘《とげ》があるから」

「触るな」

即座に拒絶してライラの手を振りはらい、スヴェンは冷たく言い放った。目を丸くさせた彼女に、低く苛立《いらだ》ちを含めた声で続ける。

「俺への気遣いはいらない。余計な真似をするな。お前はただ、こちらの指示に従い、おとなしく言うことを聞いていればいいんだ」

これでまた彼女はおとなしくなるだろう。スヴェン自身、自分の態度が威圧的で冷たいものだと自覚もある。

けれど、これでいい。優しくするつもりも、下手に関わるつもりもない。恐れられて嫌われるくらいがちょうどいい。

しばしふたりの間に沈黙が走る。ややあってライラが小さく呟《つぶや》く。

「……嫌です」

予想外の言葉に、スヴェンは驚きと共に眉根を寄せる。

「なんだって？」

ライラがまっすぐにスヴェンを見つめる。髪に隠された合間からかすかに覗く金色の瞳。そして深い緑をたたえた右目は、共に揺れはしない。

「私は物ではありません。それに、陛下からの命令ではありますが、私たちは書類上だけとはいえ結婚するんですよね？　だったらあなたの心配をするのは当然ですし、それくらいの権利が私にあってもいいじゃないですか！」

今まで堪えていた感情を爆発させ、ライラは強く告げた。その瞳に迷いはなく、まるで初めて対峙したときのようだった。

虚を衝《つ》かれたのも事実で、スヴェンは言葉を失う。異なる色の瞳が自分をじっと捉えていた。

すぐ我に返ったライラは一度ぎゅっと唇を結び直し、伏し目がちになる。

「……自分の立場もわきまえずに、申し訳ありません。私のワガママで怪我をさせてしまい、すみませんでした。部屋に戻ります……けっして外には出ませんから」

一方的に告げ、先に薬草園から出ると、さっさとスヴェンとの距離を広げていく。後を追うか迷い、ライラが城の中に入ったのを見届けてから、彼はその場で大きく息を吐いた。

『俺たちは物なんかじゃない！』

先ほどのライラの台詞《せりふ》で、沈んでいた記憶が呼び戻される。

無造作に前髪を掻き上げた。傷ついた自分の手を見つめる。

これくらいたいした怪我じゃない。痛みもほぼない。それなのに珍しく、動揺にも似た感情が自分の中を駆け巡っていた。

「おかえりなさいませ、ライラさま」

「ブラオンさん」

一度も後ろを振り返ったりはせず、ライラは一直線に部屋に戻った。すると、待機していたマーシャが静かに声をかけた。

「マーシャでかまいませんよ。なにか召し上がりますか？」

気づけば昼どきが過ぎている。しかしライラは首を横に振った。部屋の中に足を踏み入れ、そっとテーブルに着く。

それを見て、マーシャはカチャカチャと音をたててお茶の準備を始めた。

「旦那さまに、ひと通り城の中を案内していただけました？」

なにげない問いかけにライラは目をぱちくりとさせた。マーシャを見れば、手を止めた彼女もライラの方を向き、視線が交わる。

「結婚宣誓書は無事に受理されましたよ。ご結婚、おめでとうございます。陛下が公表されれば、皆の知るところとなるでしょう」

「事情も通じております。それでも結婚とはおめでたいものでしょう？」

マーシャの言葉に、ライラは続けようとした反論を封じ込めた。握り拳を作り、両膝の上に置く。

「そう、かもしれません。ですがバルシュハイト元帥にとっては、この結婚は陛下に命令されたからであって、私のことは迷惑でしかないんだと思います」

「そうですね。スヴェンさまは、なによりも陛下の命令を優先しますから」

マーシャははっきりと言いきった。ライラの前に用意されたカップに、透き通った茶色の液体が湯気を伴って注がれる。

柑橘系《かんきつけい》の香りが鼻孔をくすぐった。手を動かしながらマーシャは続ける。

「スヴェンさまはルディガーさまと違って、あまり感情を表には出しませんから、誤解を受けやすいんです。昔はそれほどでもなかったのですが……」

どこか寂しそうに遠くを見つめた。幼い頃から彼を知る身としては、いろいろやるせない思いもあるのかもしれない。

「クラウス陛下が王位に就き、スヴェンさまがアードラーに就任してからは、国のため、陛下のために日々、粉骨砕身しています。それこそこちらが心配になるほどに」

「ですが、私たちは……」

そこで一度話を切る。ライラはカップから再びマーシャに目を向けた。

「とはいえ、あの方も人間です。冷たく見えてもそれだけではありません。せっかくご結婚なさったんです。どうかスヴェンさまを悪く思わないでくださいね」

なにも答えずに、カップに静かに手を伸ばす。

正直、スヴェンのことは苦手だ。彼も自分にいい感情を抱いていないのがありありと伝わってくる。

でも嫌いというわけでもない。嫌いや好きなど思う以前に、ライラはスヴェンのことをなにも知らない。

口に含んだ紅茶は飲みやすく美味《おい》しかった。同時に後味はどこか苦くもあった。


日が沈み、洋灯の中の蝋燭の火が柔らかい光を放ち、廊下を照らしている。自分にあてがわれた部屋からさほど遠くない目的地へ、ライラはひっそりとやってきた。

緩やかに城の中を闇が覆っている。

夕食と湯浴みを済ませ、ライラの髪はやや湿り気を帯びていた。用意された夜着は肩紐《かたひも》つきの膝下まである白いシルクタイプのもので、肌に心地いい。

さすがにこの格好で部屋から出るのは躊躇われたので、頭も覆えるローブを羽織って出てきた。くすんだ赤茶の煉瓦色が修道士を彷彿《ほうふつ》とさせる。

誰に会うわけでもなく無事にたどり着いたが、部屋の前で葛藤していた。思いきってドアをノックしてみようと考えているのに、なかなか行動に移せない。

とはいえ、いつまでもこうしているわけにもいかない。意を決し、手の甲をドアに向けると、叩く前に開けられた。

顔を覗かせたのは部屋の主であるスヴェンで、来訪者に驚きもせずライラを見下ろしている。団服ではなく、白いシャツに黒いズボンとラフな格好だった。

彼の髪もやや湿っているのを見ると、休息中だったのかもしれない。不意を突かれたのは逆にライラの方だった。

「あの……」

「ドアの前に気配を感じたからな。なんの用だ？」

あっさり種明かしをされ、ライラは感心する前に、決めていた言葉を告げる。

「昼間の件を改めて謝ろうと思ったんです。私――」

「謝らなくていい」

力強く遮られ、ライラの肩が反射的に震える。黙って踵《きびす》を返そうとしたところで、スヴェンがそれを止めた。

「とにかく中に入れ」

予想を裏切る展開に、ライラはとっさの反応に困る。断る選択肢も一瞬よぎったが、すぐに打ち消して部屋の主に向き直る。

「失礼します」

スヴェンの自室に足を踏み入れた。その地位に見合うべく、部屋は広さもあり、立派な造りだった。ライラの使用している客室とは違い、派手さはないが、やや大きめの本棚に来客対応も可能な机とソファが置かれている。

「適当に座れ」

「はい」

立ちすくんでいるライラを見かねて、スヴェンが声をかけた。緊張を抑え、ライラはソファに浅く腰かける。

勢いで部屋に入ってしまったものの、なにを話せばいいのか。

「手は、大丈夫ですか？」

「たいしたことはない」

無難に選んで振った話題は、相手の隙のない返事で続きそうにない。心臓がどくどくと打ちつけるのから意識を外し、ぎこちなくも言い訳めいたものを話し始める。

「私、幼い頃に両親を病気で亡くしていて……。孤児院でも病はもちろん、ささいな怪我から感染症を起こして亡くなる仲間もいました。だから、病気や怪我にはつい過剰に反応してしまうんです」

孤児院にいる子どもたちで、シスターの指示の元、薬草や野菜などを育てた。それを売ってお金に換えるなどしても、生活はいつも綱渡りの状態で、体調を崩しても十分な医療行為が受けられない場合も多い。自分よりも幼い子どもが亡くなるのを、ライラは何度も目の当たりにしてきた。

ぽつぽつと事情を話して、再び沈黙がふたりを包む。ライラがいたたまれなさを感じていると、意外にもスヴェンが口火を切る。

「昼間は悪かった」

前触れのないスヴェンの言葉に、ライラは思わず顔を上げた。彼は机を挟み、ライラの前のソファにゆったりと座っている。視線が交わり、軽く息を吐いた。

「お前を物扱いするつもりはない。すべては叶えられないが、希望は口にしてみればいい。お前の意思もとりあえずは聞いてやる」

ぶっきらぼうな言い方だが、スヴェンなりの最大限の譲歩だった。ライラにもそれは伝わる。

「ありがとう、ございます」

「制約は多いが、少なくともあの男の家にいたときよりはマシに過ごせるだろ」

『あの男』というのが、メーヴェルクライス卿ファーガンを指しているのはすぐに察した。同時にライラの顔が曇る。

「……あの人は、どうなるんでしょうか？」

「さあな。お前の話から察するに、手の施しようのないほどの病に侵されているなら、そう長くはないだろ」

興味なさげにスヴェンが切り捨てた。黙り込んだライラに続けて訝《いぶか》しげに尋ねる。

「どうした？　まさか最期までそばにいてやるつもりだったのか？」

皮肉交じりの問いかけに、ライラはかぶりを振った。

「私、怖かったんです。あの人のそばにいるのが。責められるのが怖くて……」

絞り出したような声だった。無意識に膝の上に置いてあった手が夜着の生地を掴み、皺が寄っていく。

「フューリエンなんて言われながら、私には特別な力はなにもない。そばにいても、あの人のためにできることはありません。弱っていく彼がそれをいつ悟るんだろうって、待っているようでずっと恐れていました」

ファーガンが天に召される瞬間、きっと自分に浴びせられるのは、裏切られた憎しみと悲しみだけだ。

罵詈雑言《ばりぞうごん》をぶつけられるか、恨みを募らせた瞳で見つめられるか。それとも自分の瞳が片眼異色ではなくなるのが先か。そんな想像をしては怯《おび》えていた。

ライラは悲しげに笑う。嘲笑に近かった。

「あなたが屋敷を訪れ、部屋にやってきたとき、少しだけ安心したんです。この生活が終わるんだって。彼の最期を見なくても済むんだって。自分から逃げ出すこともできなかったのに……」

自分は確かにフューリエンの血を引くのかもしれない。けれど中身は正反対だ。他人になにも有益なものをもたらすことができず、失望されるのに怯えてばかりで。

自己嫌悪で心臓が痛み、顔を歪める。

「でも、あの男は結果的にお前に救われたんだろ」

唐突に発せられたスヴェンの言葉に、ライラは大きく目を見張る。

「信じるフューリエンから直接、髪と加護の言葉を頂戴したんだ。それにすがって、残りの人生をいくらか心穏やかに過ごせるんじゃないか」

スヴェンの視線は、切り揃えられたライラの髪に向けられた。あそこで思いきった行動を取った彼女は、ファーガンの目には救世主そのものに映っただろう。

腕を組んだまま背もたれに体を預け、スヴェンは軽く鼻を鳴らし、厭世的《えんせいてき》に続ける。

「いいんじゃないか。どうせ皆いつかは死ぬ。なら最後まで覚めない夢を見させてやれば」

「……ありがとうございます」

どこか穏やかな顔をするライラとは対照的に、スヴェンは理解不能といった様子で眉根を寄せた。

「なぜ、礼を言う？」

「え。今のって、私を慰めてくれたんじゃないんですか？」

「そのつもりはない」

「そうですか。でも私は少なからず、あなたの言葉に救われました。なので、ありがとうございます」

ふいっとライラから顔を背けたスヴェンだが、すぐなにかに気づく。間を空けずに部屋がノックされ、素早く立ち上がった。

「失礼します。……っと、ライラさま。よかった、こちらにいらっしゃったんですね。探しましたよ」

スヴェンの返事と同時にドアが開けられ、顔を覗かせたのはマーシャだった。いつもより切羽詰まった顔をしていたが、中にライラがいるのを確認し、普段は細い目がわずかに見開かれる。

「す、すみません。すぐに戻るつもりだったので」

マーシャに行き先を告げずにひとりで行動したのを後悔し、ライラは悪いことがバレた子どものように慌てて立ち上がった。マーシャはそれを軽く制す。

「なぜです？ ご結婚されたんですし、ライラさまはこちらでお休みになられるんでしょう？」

「え？」

さも当然と返された言葉に、ライラの思考は停止して固まる。マーシャはライラからスヴェンに視線を移した。

「ライラさまから聞いていらっしゃるかもしれませんが、結婚宣誓書は無事に陛下からご署名を頂戴し、受理されましたよ」

「そうか」

「ご結婚、おめでとうございます」

スヴェンの受け取り方はまるで他人事だった。とても自分の話とも思えない様子でマーシャからの報告を聞いている。

自分にも言われた台詞を同じくスヴェンに告げているマーシャに、ライラは口を挟もうと試みる。

「あの、私は」

そこでスヴェンの漆黒の瞳がライラを捉えた。鋭い眼差しは、言いかけたライラの言葉と共に息をも呑ませる。

スヴェンはライラに近づくと、あたかもマーシャに見せつけるかのように、なにげなく彼女の肩を抱いた。大きな手が肩に触れ、ライラの心臓は跳ね上がる。

「彼女はこちらで引き受ける。ご苦労だったな」

「いいえ。私が申し上げる前に、ライラさまがご自分でスヴェンさまの元にいらしていて、とても嬉しく思います。ただし、今後はくれぐれもおひとりで部屋の外に出ないでくださいね」

「……はい」

スヴェンに昼間の件を改めて謝罪して、さっさと部屋に戻ろうと思っていたライラとしては、純粋に喜んでいるマーシャに今さら事情を告げるのはどうも心苦しい。

部屋に入るつもりもなければ、ここまで長居するつもりもなかったのに。

「では、朝の身支度はこちらに参りますね。日中は客室の方を使いましょうか。スヴェンさまも職務がおありでしょうし」

マーシャはこれからの段取りをてきぱきと決めていく。そしてひと通り明日の予定をすり合わせてから、ふたりに深々と頭を下げた。

「これで私は失礼します。今宵は初夜ですしね。どうぞ素敵な夜を」

ライラの心を掻き乱すには十分なほどの爆弾をさらりと落として、部屋を後にした。

重く感じるほどの静寂が部屋を包む。

肩を抱いていた手がすっと離れ、触れられていたところが今度は空気に触れた。無意識にライラがその部分を手でさすると、どことなく熱が残っている気がした。

「俺はベッドを使わないから、お前が使えばいい。休むなら早くしろ」

ライラは今の状況に意識を向け直す。

「ですが」

「そういう話だっただろ」

鬱陶しそうに言われ、ぐっと言葉を呑み込む。そもそもこの結婚は、ライラが夜をどう過ごすかという話だった。

城に滞在中、夜間もずっとライラのために部屋の外に警護をつけるわけにはいかない。そうすれば人手がかかり、下手に注目を集めて憶測を呼び、情報の漏洩《ろうえい》にも繋がりかねない。

とはいえアルント王国では、婚姻関係のない男女が共に夜を過ごすことについて、一般的には推奨されていない。もちろん例外はあるのだが。

「バルシュハイト元帥はどうなさるんですか？」

「俺は元々あまり横にならない」

別の角度から聞いてみるが、素っ気なく返された。スヴェンがどうやって休むのか、ライラにはすぐに見当がついた。

「私がそちらのデュシェーズ・ブリゼを使わせてもらっては駄目ですか？　私なら横になれますし、十分な大きさなのですが」

ライラはベッドの傍らに用意されている家具に目をやった。ゆったりと座れそうなふたつの椅子の間には、高さを揃えたオットマンが置いてある。

あれらを組み合わせると長めのソファのようになり、足を伸ばして体を休められる仕組みになっていた。

「俺があちらを使う」

「そんな」

ライラはスヴェンに視線を戻し、じっと見据える。不満の色を隠すことなく顔に滲ませていた。

「私の意思を聞いてくれるんじゃなかったんですか？」

「すべては叶えてやれないって言っただろ」

呆気なく返され、開いた口が塞がらなかった。なんだかうまく言いくるめられただけのような気がする。

結局、自分の立場を慮《おもんぱか》れば、意見するのは諦めるしかないのか。そんな思いを抱いていると、続けてスヴェンから紡がれた言葉にライラの心は大きく揺れた。

「夫の言うことは素直に聞いておくものだろ」

そこに込められた感情を推し量ることはできない。ただ、いつもの刺々しさや威圧感は覚えなかった。

「……よく言いますよ。妻を名前で呼びもしないのに」

だから思いきって軽口を叩いてみた。平然を装って返したものの、心臓は早鐘を打ちだしていた。

スヴェンから、自分たちが夫婦であると意識するような発言が飛び出すとは思ってもみなかった。

彼はなにも答えずに、まっすぐライラに歩み寄ってくる。これにはライラも面食らい、つい身を固くする。

近づいてくる男を視界に捉えたままでいると、自然と顔は上を向く形になった。パーソナルスペースをとっくに超えた距離までふたりの間は縮まり、さすがにライラがなにかを口にしようとする。

しかし、それはスヴェンがライラをひょいっと荷物のごとく抱え上げたことで阻まれた。

「わっ」

突然の浮遊感に、ライラは思わず声をあげた。続けて、回された腕の力強さや感触に神経が集中する。彼女の心騒ぎなどスヴェンはたいして気にもせず、ライラを抱えたままベッドに近づいていく。

おかげでライラの視界はころころと変わっていった。そして次の瞬間、彼女の体は背中からベッドに沈んだ。

状況に頭がついていけず、ベッドが軋《きし》むのを音と体で感じる。さらにスヴェンがライラに覆いかぶさり、影を作ったので、部屋の暗さも相まってライラの世界は狭められた。

艶のある黒髪がさらりと落ち、その合間から覗く漆黒の瞳からは、感情は読み取れない。ただ、夫となった男が、なにをするわけでもなくまっすぐに自分を見下ろしている。ライラがスヴェンから目を離せずにいると、彼の形のいい唇が前触れもなく動いた。

「ライラ」

発せられた言葉に、ライラは両方の瞳を大きく見開く。スヴェンはさっと彼女の上から身を起こして、ベッドから下りた。

「ほら、言う通りに名前を呼んでやっただろ。お前もこちらの言うことをおとなしく聞け」

ライラはなにも言えないまま、暴走する心臓を押さえようと、左胸に当たるローブをぎゅっと掴んだ。息が詰まりそうに苦しい。

（こんなのずるい）

不意打ちもいいところだ。甘さなんて微塵《みじん》もない。それなのにスヴェンによって唱えられた自分の名前が、いつまでも余韻を伴って頭の中でリフレインされる。

「さすがにローブは脱げよ」

「わかってますよ」

スヴェンの言葉で上半身を起こすと、覚束《おぼつか》ない手つきでローブを脱ぎにかかる。なにもないとはいえ、異性を前にしてどうしても気恥ずかしさが拭《ぬぐ》えない。ところが「もたもたしていると脱がすぞ」と低い声で付け足され、無心で夜着一枚になる。身を隠したくて、さっさとベッドに潜り込んだ。

（結局、私がベッドを使わせてもらっている）

冷たいシーツの感触に思わず身震いする。右側を向けば自然と、部屋の中にいるスヴェンの方を向く形になり、どうも気まずく感じた。

かといって、なにも言わずに背だけを向けるのもどうなのだろうかと迷う。伸ばした前髪が重力に従い、顔にかかって左目を隠す。無意識に掻き上げようとしたところで、その手を止めた。

「おい」

不意に声をかけられ、顔をわずかに動かす。スヴェンはデュシェーズ・ブリゼに乱暴に腰かけていた。

「お前も他人行儀に俺を元帥呼びするのはやめろ。陛下から結婚が公表されれば、幾人か声をかけてくる者もいるし、俺たちの態度がよそよそしいと不審に思う者もいるだろう」

「……はい」

「それからもう一度言うが、俺への気遣いも敬語もいらない。俺の前でくらいは猫をかぶらなくてもいいぞ」

「別にかぶっているつもりは……」

ライラは口を尖《とが》らせた。ずっと怯えた兎《うさぎ》みたいだと思っていたが、気の強い猫だったとはな」

「よく言う。ずっと怯えた兎みたいだと思っていたが、気の強い猫だったとはな」

その言い分だと、どっちみち猫だという結論を指摘するべきか。たとえとはいえ、人間扱いされていないことに意見すべきか。

あれこれ考えて反論しそうになったライラだが、逆に質問で返してみる。

「……猫は嫌いじゃないですか？」

様子を窺《うかが》う言い方に、スヴェンは目線を逸らして、すげなく答える。

「どうだろうな」

そこで間が空く。やはり会話は続きそうもない。諦めて寝る姿勢に入ろうと、ライラが枕に顔をうずめようとしたときだった。

「ただ、兎よりも感情が読み取りやすい分、猫の方がいいんじゃないか」

スヴェンから言葉が続けられ、思わず彼を見る。ふたりの視線が静かに交わり、彼は少しばかり口角を上げた。

「多少気まぐれで引っかくことがあってもな」

ライラは目をぱちくりとさせ、彼に尋ねる。

「手の甲の傷、痛みます?」

「そういう話じゃない」

スヴェンの口調は変わらず淡々としたものだが、ライラの気持ちは不思議と落ち着いた。あくまで比喩の話なのに、彼が猫を嫌いではないと知り、幾ばくか自分を肯定された気になる。そのままでいいのだと。

孤児院を出てファーガンの屋敷に迎えられてから、ライラの心はずっと緊張状態だった。それはこれからもずっと続くと覚悟もしていた。

慣れない城での暮らしに、さらには初対面の男と、互いに愛も情もない義務だけで営む期間限定の結婚生活だ。だとしても、自分をフューリエンと特別扱いされるよりよっぽどいい。

冷たくても威圧的でも、それが彼の自然な姿ならかまわない。本音をぶつけてもいいと許してもらえるのは、今のライラにはとてもありがたかった。

「……ありがとう」

小さく答えて、ライラはしばし言い淀む。そして先ほど彼が自分の名を呼んだのを思い出して、決意した。

「おやすみなさい、スヴェン」

ぎこちなくも夫の名前を呼んでみた。これでおあいこ。きっと自分が名前を呼ばれたときに比べ、彼はなにひとつ心揺れたりはしないのだろう。

それでもライラの心は温かいもので満たされた。返事はなかったが、久しぶりに安心した気持ちで目を閉じる。

眠れないかもしれないと思っていたのに、ひんやりとしたベッドの中で、ライラはすぐに夢の世界へと足を踏み入れられた。

不測の出会い

ライラが目覚めたとき、部屋にスヴェンの姿はなかったので、しばし自分の置かれた状況が理解できなかった。

体を起こし、目をこすっていると頭が徐々に動き始め、ここが自分にあてがわれた客室ではないのを思い出す。言い知れぬ恥ずかしさに包まれたところで、ドアがノックされてマーシャが顔を出した。

「おはようございます、ライラさま」

「お、おはようございます」

マーシャはまるで自分の部屋のごとく無遠慮に中に入ると、カーテンと窓を開け、空気を入れ換える。朝の日差しと涼しげな外からの空気により、ライラの意識はすっかり覚醒した。

「あの、スヴェンは？」

「スヴェンさまはもう夜警団の仕事に行かれていますよ。ちょうど廊下ですれ違いましたから」

「そうですか」

せっせと朝食の準備を始めるマーシャをよそに、ライラの気持ちは心なしか沈む。

(せっかくなら、声をかけるとか、起こしてくれてもよかったのに)

「どうでしたか？　ご結婚されて初めての夜は」

どことなく寂しい気持ちに包まれていたライラの意表を突いて、マーシャは質問を投げかけた。ライラは目を瞬《しばた》かせ、マーシャを見つめた。

「他意はありません。ですが、ライラさまがスヴェンさまを名前でお呼びしているので、それなりに距離が縮んだのだと勝手に想像して嬉しく思っております」

「えっと……」

返答に困ってしまう。確かに名前で呼び合うことにはなったが、マーシャが思うよりもスヴェンとライラの関係性に大きな変化はない。

事情を知る由もないマーシャは、目尻を下げて話を続ける。

「それに、先ほどスヴェンさまと廊下でお会いしたときも、『ライラを頼む』とおっしゃっていたので」

にこにこと内緒話でもするかのような姿は楽しそうだ。ところが言い終えてから、マーシャの表情が急に真剣めいたものに変わる。

「そういうわけでライラさま、ひとりで行動するのはお慎みくださいね。城の敷地内でしたら私がお供しますから」

ライラは身を引きしめた。続けてマーシャの言葉に甘えて、遠慮がちに希望を口にしてみる。

「わかりました。あの……それなら、中庭にある薬草園は行ってもいいですか？　少しだけでいいんです」

「薬草園です？」

意外な答えだったのか、マーシャの声は間抜けなものだった。ライラは力強く頷く。

「はい。気になる薬草やハーブがあったので見に行きたいんです。もしよろしければ、ちょっと持ち帰ってもいいでしょうか？」

「それはかまいませんよ。あそこは今、管理している者がいないので荒れ放題ですが」

マーシャの許可に、自然と笑顔になった。昨日見たいくつかの植物を思い出していると、マーシャに朝食が先だと提案され、慌てて居住まいを正した。

身支度を整えてから、ライラはマーシャと共に薬草園へ向かった。外は日中でも風が冷たく感じる。夏の気配はすっかり鳴りを潜め、秋が訪れていた。

「あそこには、睡眠によく効くハーブもあるんですよ」

「そうなんですか？」

「ええ。シュラーフといって、精神を安定させ、安眠をもたらす効果があるんです。摂取の仕方はお茶にするのが一般的で、独特の風味があり、好みは分かれますが」

そう言われると飲んでみたいような、みたくないような。どんなものなのか気になりつつ、昨日と同様、薬草園に足を踏み入れた。

昨日はじっくりと見られなかったが、並んでいる薬草を改めて眺めれば見知っているものが多く、孤児院での日々を思い出した。子どもたちは、シスターは、皆元気だろうか。

「ライラさま、こちらがシュラーフですよ」

マーシャがライラに声をかけ、静かに座り込む。ライラも真似て隣に腰を落とせば、背丈があまり高くない草が、白くて丸い花を咲かせているのが目に入った。

「これが？」

「ええ。この実のような花の部分を使うんです」

マーシャの説明を受け、花にそっと手を触れて顔を近づけてみた。柔らかな花弁が揺れる。

「あまり香りはしませんね」

「そうですね。ですが、お湯を注げば香りも色もはっきりと出ますよ」

マーシャによると、ポット一杯分のお茶を抽出するのに、シュラーフの花を五、六輪入れるといいのだとか。

やはりここは試してみようという話になり、花を持ち帰ることにした。他にもいくつか薬草を見繕う。

客室に戻り、マーシャがお茶の準備を始める一方で、ライラは薬草をひとつずつ確認していく。

そのとき、部屋にノック音が響いたのでそれぞれ手を止め、マーシャが返事をしてドアに近づいた。そこでしばらく押し問答を繰り返す気配があり、ややあって若い男が部屋の中に足を踏み入れてきた。

ライラにとって初めて見る人物だったので、思わず身がまえる。男はその不安を吹き飛ばす上品さで、にこやかに笑った。

「はじめまして。突然の訪問をお許しください。僕はスヴェンの母方の従兄《いとこ》に当たります、ユルゲン・フルヒトザームという者です。城に用事があり、訪れていたら、スヴェンが結婚したという話を聞いたので、どうしてもひとことご挨拶したくて」

流麗な喋《しゃべ》り方と優しげな笑顔でユルゲンは説明した。スヴェンの従兄という言葉で、ライラは心持ち警戒を解く。

スヴェンよりも背は低く、華奢《きゃしゃ》ではあるが、雰囲気的に上流階級の気品が滲み出ていてあまり気にならない。身にまとっている青緑色のジュストコールも上質なものだ。清澄なグレーの瞳に、癖のあるブロンドの髪が、ユルゲンの儚《はかな》げな印象にさらに拍車をかける。

部屋に入ってはこないが、ドアのところで彼の付き人らしき高齢の男性がこちらを窺っていた。嘘はないと判断し、戸惑いながらもライラは自分も名乗る。

「はじめまして。ライラと申します」

ユルゲンは興味深そうにライラに視線を注いだ。

「それにしても驚きました。急な話でしたし、スヴェンが結婚だなんて。どういった経緯で彼と？　ライラさんはどちらの家のご出身かな？」

「私は……」

矢継ぎ早の質問に苦慮していると、ユルゲンの目がある一点に留まったので、ライラは彼に注意を向けた。

「左目を悪くされていると聞きました。お大事になさってください」

どうやら自分の情報は、結婚と共にそこまで明かされているらしい。だが、ライラにとっては好都合だった。

常にライラの左目は長い前髪で覆われ、隠されている。事情を尋ねられる前に『病で悪くしている』と知られていれば下手な詮索はされない。王の采配に感謝しつつ、気遣ってきたユルゲンに礼を告げる。

「ありがとうございます」

案の定、ユルゲンは目に関してはそれ以上触れず、話題を変えてくる。

「城での暮らしは退屈でしょう。彼は忙しいでしょうし、よろしければ話し相手に立候補してもかまいませんか？　今度は花をお持ちしますよ。うちには立派な花園があるので」

人のいい笑みを浮かべたユルゲンに、ライラは返事に窮す。気にかけてもらっているのはありがたいが、自分では判断しかねる話だ。

「ユルゲン」

聞き覚えのある声が耳に届く。見ればスヴェンが険しい顔で従兄の名を呼び、大股で部屋の中に入ってきた。

「やあ、スヴェン。久しぶり！　結婚おめでとう。元気だったかい？　相変わらずアードラーとして忙しいのかな？」

「どういうつもりだ？」

　ふたりの声のトーンは真逆だった。楽しそうなユルゲンに対し、スヴェンは苛立ちを隠せないでいる。

「そんな怖い顔をしないでくれよ。君も水くさいな。結婚したなら直接教えてくれればいいものを。なに、従兄として君の奥さんに挨拶しようと思ってね」

「俺に断りもなく、勝手にこいつに近づくな」

「わー、すごい独占欲だね。スヴェンがベタ惚《ぼ》れという情報はあながち間違いじゃないんだ」

　茶化すユルゲンに、スヴェンはなにも言わず鋭い眼差しを向ける。ライラは成り行きを見守るしかできない。

　スヴェンの視線を受け、ユルゲンは降参を示すかのごとく両手を軽く上げる。

「悪かった、今日はこれで失礼するよ。また改めてお祝いさせてくれ。ライラさんも突然驚かせてしまったね」

「いえ……」

ライラは短く否定するのが精いっぱいだった。

そしてユルゲンが部屋を去った後は、まるで嵐が通り過ぎたかのような徒労感と静けさがもたらされる。

「すみません、スヴェンさま」

口火を切ったのは、今まで黙っていたマーシャだった。どうして彼女が謝るのか理解できないライラに、マーシャは小さな声で説明する。

「スヴェンさまの許可がない者は、基本的にこの部屋にいるライラさまの前にお通ししないようにと仰せつかっていたので」

「そうなの？」

ライラが尋ねたのはマーシャではなく、スヴェンだった。彼は呆れた顔でライラに返す。

「お前、自分の立場をわかっているのか？」

「でも彼はスヴェンの従兄なんでしょ？」

とても従兄に対する態度とは思えなかったが。

マーシャが無下にはできないのも無理はない。そもそも結婚すれば声をかけてくる者もいるはずだと言ったのは、スヴェンの方だ。

結婚宣誓書が受理され、王からアードラーであるスヴェンの結婚が公表された。相手であるライラについては、今のところあまり詳しい情報は明かされていない。

さまざまな憶測が飛び交う中、彼女が左目を悪くしているといった事情があったにもかかわらずスヴェンが結婚を熱望し、その熱意と彼女自身の誠実で清らかな心に、王も結婚に賛成したという話になっている。

アードラーの一途《いちず》さに人々は心打たれ、またライラについても、目の病により人一倍の迷いと不安を抱えつつも結婚を承諾したらしい、と美談として語られている。

おかげで城の中では、生活に慣れようと必死なライラを、あまり囃《はや》し立てず見守る姿勢だ。

正式なお披露目の場は結婚式となるので、民衆も含め皆、その日を心待ちにしている。これから冬がやってくるので、一応春先を予定していると発表しているが、内情的にふたりが式を行う機会はおそらくない。

なにか思うところがあるのか、スヴェンは苦虫を噛みつぶしたような顔になった。

「とにかく、不必要に外部の者と接触するな」

言い捨てて、さっさと部屋を出ていこうとするスヴェンに、ライラが思いきって声をかける。

「スヴェン」

名前を呼べば、スヴェンが一度ライラの方に振り向いた。漆黒の瞳に見つめられ、彼女は勢いに乗って提案してみる。

「あの、お茶が入るんだけど、時間があるなら一緒に飲まない？」

スヴェンの顔が訝しげなものになったが、もうそこでひるむライラではない。

「シュラーフっていう薬草で、マーシャに教えてもらったの」

ウキウキと嬉しそうなライラに、スヴェンは嘲笑を向ける。

「あんなまずいもの、好き好んで飲もうとは思わない」

あっさりと一蹴し、今度こそ部屋を出ていってしまった。あまりにもはっきりとした拒絶に、ライラはしょぼんと肩を落とす。そんな彼女にマーシャが近づいた。

「お気を落とさないでくださいね、ライラさま。スヴェンさまにも以前シュラーフを勧めたことがあるのですが、どうもお嫌いみたいで。本当はあの方こそ飲むべきなのですが……」

「スヴェンが？」

確かめる気持ちでライラが尋ねると、マーシャは頷いてから頬に手を添え、ため息交じりに語りだす。

「ええ。かなり前からあまり眠れないようでして。アードラーの任に就かれているのもあり、多少はしょうがないのかもしれませんけれど」

納得できていないのが声色にも表れていた。彼女はしかめっ面で続ける。

「それにしてもひどいようです。心配されたルディガーさまから相談をお受けしたのですが……。今のままではどうしたってお体に障《さわ》ります」

「眠れないって……」

マーシャの顔がわずかに陰り、ライラはそれ以上聞いてはいけないのだと悟る。話題をシュラーフに戻せば、中断されていたお茶を淹《い》れる流れになった。

「では、よくご覧になってくださいね」

透明のポットにシュラーフの丸い花を五つほど入れる。そこにゆっくりとお湯が注がれた。

「わあ！」

ポットの中を覗き込んでいたライラは、思わず感嘆の声をあげた。熱湯の中に浸《つ》かるシュラーフの花は白から鮮やかな黄色に変わる。

まるで魔法だ。それと同時にお湯も淡い黄色に色づいていく。ふわふわとポットの中で泳ぐシュラーフがなんとも可愛《かわい》らしい。

「面白いでしょ？　シュラーフは別名、『月変花《げっぺんか》』ともいうんですよ」

月に変わる花。詩的な呼び名と、月という言葉に、ライラはますますシュラーフに親近感が湧いた。

ライラの反応に満足げにマーシャは微笑み、ポットに蓋をする。二、三分蒸らせばシュラーフのハーブティーの完成だ。

銀で縁取られた白いカップに、できたてのハーブティーが注がれる。花の色よりも幾分くすんではいるが、色も香りもしっかりと出ている。

ライラは緊張してカップを持ち上げ、口元に運んだ。鼻を掠《かす》める香りは、どこか薬っぽさが拭えず、これだけで味もなんとなく想像できる。

一瞬、躊躇ったものの口内に液体を含んだ。案の定、素直に嚥下《えんげ》できそうもない苦味とえぐみが広がり、顔を歪める。

しばらくして、ごくんと喉を鳴らしハーブティーを胃に送り込んだ。次に大きく息を吐く。

「……これは、お世辞にも美味しいって言えないかも」

正直な感想を漏らすライラに、マーシャはおかしそうに笑った。

「でしょう。良薬口に苦しとは言いますが、なかなか厳しいですよね。でもよく効きますよ。単に眠くなるだけではなく、短時間で深い眠りにつき、質のいい睡眠をもたらすんです」

ライラはカップの水面にそこはかとなく映る自分を見つめて、ぎこちなくもうひと口飲んでみた。やはりどうしても飲みづらさは拭えなかった。

太陽が沈んだ後、昨日と同じく寝支度を整えてからローブを羽織り、ライラはスヴェンの部屋を訪れていた。部屋まではマーシャが付き添うが、そこからはふたりきりだ。

なにもないとはいえ、夜に異性の部屋で一対一というのはどうしたって緊張してしまう。それもありライラは、部屋に入ると素直にベッドには行かずソファに腰かけて、自分の動揺をごまかすためになにげなく呟く。

「お茶に関しては、スヴェンの反応が正解だったかも」

「だから言っただろ」

返事など期待していなかったから、逆に驚く。スヴェンは明かりを近くで受けるため、部屋の洋灯近くの壁に背を預け、なにかの書物に目を通していた。

視線が交わったりはしない。しかしライラは会話が続いたのをいいことに、さらに話しかける。行儀が悪いのも承知でソファの背もたれから身を乗り出し、スヴェンの方に体を向けた。

「でも効果は抜群だったよ。飲んだ後で眠たくなって少し寝てしまったくらい」

「それでそんなに元気なのか」

呆れた声で返され、言葉に詰まる。するとスヴェンは読んでいた本を閉じてライラに顔を向けた。

「マーシャに聞いたのか？」

「え？」

「俺のこと。そのためにシュラーフをわざわざ？」

眉間に皺を寄せて尋ねられた言葉は、いろいろと省略された言い方だったが、ライラはスヴェンの言いたいことを悟る。目を閉じて小さくかぶりを振った。

「ううん。シュラーフのことは、薬草園に行くついでに偶然教えてもらったの。スヴェンがあまり眠れないって話だけをちらっと聞いたよ。でも詳しい事情は聞いていないから。心配しなくても聞くつもりもない」

あまりにもきっぱりと言い放ったからか、信用できないというよりも、理解不能という表情をスヴェンは浮かべている。

ライラはぎこちなく微笑んだ。

「だって、聞かれたくないことって、皆それぞれあるでしょ？」

それはライラ自身にも言える話だった。幼い頃から左右の異なる色の瞳について散々聞かれてきた。

どうしてそんな目になったのか。なにかの病気なのか。見え方はどうなのか。

無邪気な質問は、時に刃となって鋭く刺さる。とはいえ傷ついた顔を見せるわけにもいかない。従って、結果的に隠す選択肢を取った。

「誰かの中に踏み込むのって、すごく覚悟がいると思うの。そうしないとわかり合うことができないのも理解している。でも、簡単に触れてほしくない部分を聞いて傷つけるのは嫌だから、私は聞かない。……それに私たち、本物の夫婦でもないし」

最後はわざとらしくおどけて言ってみせた。

するとスヴェンは壁から背を離し、ゆっくりとライラの元まで歩み寄ってくる。

怒っているのか、不機嫌そうだ。彼の表情から感情を読み解くのは、ライラには相変わらずできない。

ソファの背もたれ越しに、ふたりの距離が縮まった。

「なんだそれ。形式だけとはいえ、書類が受理されて俺たちは結婚しているんだ。本物も偽物もないだろ。気になるなら聞けばいい。答えるかどうかは俺が決める」

目を見張ったまま、ライラは体勢を変えることもなくスヴェンを見つめる。彼もライラを見下ろし、彼女から目を逸らしはしなかった。

ライラは心の中で問いかける。自分はどうしたいのか。夫婦といっても形だけで、なにもかも割り切った結婚生活。期間も限られている。

冷静に現状を分析し、一方で自然と溢れ出る気持ちもあった。

本当は少しでもいいから知りたい。命令で仕方なくとはいえ、自分と結婚した彼のことを。

「……どうしてスヴェンはあまり眠れないの？　体質？　……それとも、なにかあったの？」

おそるおそる尋ねてみた。スヴェンは軽く目を閉じ、静かに唇を動かす。

「答えたくない」

ライラは一瞬、自分の耳を疑う。脳で伝えられた言葉を改めて処理し、つい声をあげる。

「え、ちょっと待って。聞けばいいって言っておいて、その回答はひどくない？」

「なぜ？　答えるかどうかは俺が決めると言ったはずだ」

「そうだけど……」

勢いを失って、ソファの背もたれに手をかけたまま項垂《うなだ》れる。

まったく、なんなのか。緊張感を持って聞いた分、脱力感も大きい。

「わかっただろ。俺は自分の意思ははっきりと口にする。あれこれ考えて気を回すのは無駄骨だ。結婚したならそれくらいは理解しておけ」

降ってきた言葉は、いつもの彼らしく淡々としている。だが、そこにスヴェンの優しさが見えた気がして、ライラは苦しげに顔を歪めた。

「ごめん、なさい。フューリエンなんて言われても、私には特別な力も、周りが思う大きな価値があるわけでもない。私自身にはなにもないのに、アードラーであるスヴェンには結婚という形で迷惑をかけて……」

国王陛下の命令もあり、スヴェンは自分が思う以上に割り切って受け入れているのかもしれない。だとしても、なにも後ろめたさを感じないほどライラは図太くもなかった。気遣われた分、余計に申し訳ない気持ちが増幅する。

「価値がないって、誰が決めた？」

「え？」

唐突なスヴェンの問いかけに、ライラは目を丸くさせる。

「ないなら作ればいいだろ。フューリエンにしたって、アードラーにしたって、他人から与えられる肩書きや評価なんて、所詮は一過性で表面上のものだ。絶対じゃない。そんなものに振り回されなくていい」

夜の暗さが、部屋の中の多くのものの輪郭を歪める。にもかかわらず、ライラはスヴェンの顔も、表情も、瞳の色さえはっきりと見えた。

「他人に揺るがされない確たるものは、自分で得るしかないんだ。自分で培ったものは誰にも奪われない。少なくとも、俺はそう考えてここまで進んできた」

これでもかというくらい目を見開き、瞬きをすることもなくスヴェンを見つめる。彼の言葉が音としてだけではなく、なにか強い力を持ってずっしりと心に響いた。

「……私、作れるかな？」

「さあな」

スヴェンの返事は素っ気ない。一方ライラの顔には自然と笑みがこぼれそうになる。温かいものがじんわりと湧き出て、胸の奥が熱くなった。

続けて、急に真剣みを帯びた表情で「スヴェン」と軽く呼びかける。

「眠れないなら、子守歌でも歌おうか？　これでも私、孤児院で寝かしつけは一番うまかったから」

冗談かと思えば、ライラの顔は意外にも大真面目《おおまじめ》で、スヴェンは虚を衝かれる。一瞬返す言葉に迷い、すぐ自分自身に驚いた。今までなら反射的に冷たく切り捨てるだけだったのに。

「遠慮しておく」

スヴェンの迷いなど微塵も伝わってはおらず、ライラは純粋に残念がっている。しかしすぐにその色を顔から消した。

「もし、なにか私にできることがあったら言ってね。聞いてほしい愚痴とかあれば、いつでも聞くから。私はこの城の人間ではないし、ゆくゆくはいなくなる存在で……」

だから気兼ねなく、と続けようとして言葉を止めた。事実を告げただけなのに、なぜだか針でちくりと刺されたような痛みを覚える。

「気遣いはいらないって言っただろ。それに、自分の話をするのは好きじゃない」

さらに追い打ちをかけてスヴェンは答えた。ライラは一度唾液を嚥下し、もっと素直な部分をさらけ出してみる。

「気遣いというか……そう長くない関係とはいえ、こうして結婚したわけだし。私、あなたのことをひとつでもいいから知りたいの」

声にしてから、調子に乗りすぎたとすぐに後悔する。きっとまた鬱陶しそうな表情と言葉を返されるだけだ。その証拠に、相手が大きく息を吐いたのが伝わってきた。

視線をおもむろに下げて、スヴェンからの返事を受け止める覚悟をしていると、前触れもなくライラの頭に大きな手の感触があった。

「気が向いたら、話してやる」

妻を愛《いと》おしむというより、子どもをあやす触れ方だった。でも、触れられたことと返された台詞に心臓を鷲掴みにされる。音をたてて加速する鼓動がうるさい。

「……うん、待ってる。スヴェンの気が向くの。でも極力早くしてね。聞かないまま結婚生活が終わっちゃうかもしれないから」

早口に明るく言ってみた。半分本気、半分冗談だった。

ああは言ったが、スヴェンがどこまで本気なのかわからない。うまくあしらわれただけなのかもしれない。

不確かな約束。それでもライラは楽しみができたみたいで嬉しかった。

スヴェンの手が離れ、そっと目線を上げる。スヴェンの顔はいつも通り無愛想で、表情は読めない。けれど今までとは違う気持ちで相手を見つめた。

艶のある黒髪と同じ瞳の色を持つ彼は、鷲というより鴉《からす》だ。鋭い目つきは冷厳さを伴っていて、萎縮するしかなかった。顔立ちが整っている分、気迫も余計に増す。

もしかするとスヴェンの態度や雰囲気は、今まで彼が歩んできた人生を物語っているのかもしれない。こんなにも彼の言葉がしっかりと届き、心に沁《し》みるのは、きっとそういうことだろう。

よく見れば手にも、団服から覗く肌にも古い傷痕があり、今まで気づきもしなかった。ライラとは経験してきたものがまったく違う。

わかり合うのなんて無理だ。でも歩み寄ることはできるかもしれない。それがわずかなものだとしても。

ベッドに行くよう促され、ライラはソファから立ち上がり、ベッドに移動する。腰を落とし、ローブに手をかけたところで、自分を見張るようにそばに立つスヴェンに声をかける。

「スヴェンは眠れる？　子守歌は、本当にいいの？」

「しつこいぞ。俺のことはいいから、さっさと寝ろ」

「じゃあ、寝るから今度、街へ行きたい」

「その交換条件は成立しない」

「条件じゃなくて純粋にお願いします」

間髪を入れないやり取りに、一瞬だけ沈黙が挟まれる。

「簡単には許可できない案件だ。そもそもお前は馬にひとりで乗れないだろ」

スヴェンの指摘に、ライラは言葉に詰まった。

アルント城から街へ行くためには、山を下らなくてはならない。敵襲に備え、生い茂った森に囲まれた城は高い壁を持つ。

城門を抜け、正規ルートとして整備されている道がひとつあるが、徒歩ではどう考えても厳しく、馬車を使用するのも仰々しい。街に入れば馬も必須というわけではないので、ふもとには馬を停めておく中継地がわざわざ設営されている。

ライラは馬に乗る技術どころか、乗った経験もなかった。それこそファーガンの家から城へ連れてこられる際、スヴェンと同乗したのが初めてだったりする。

貴族など身分の高い者は、たしなみとして乗馬を心得ている者も多いが、一般庶民は乗れないのが当たり前だ。

「……乗馬の練習しようか？」

「必要ない。どっちみちひとりじゃ行かせられない」

そこから、城が持つ厩舎《きゅうしゃ》を見に行きたいと話を振った。スヴェンは面倒くさそうにしながらも、ちょうど用事があるらしく、渋々と承諾する。

「連れていってほしかったら、早く横になれ」

「はーい」

途端に機嫌をよくしたライラは、素直にベッドに身を沈める。ちらりとスヴェンに目を向けるが、暗がりゆえに、はっきりとした表情は掴めない。

なのに、呆れつつもどこか穏やかな顔をしているとライラには感じ取れた。

勝手に照れてしまい、ふいっと背を向ける形で寝返りを打つ。目を閉じたものの、子どもみたいに気持ちが逸《はや》り、まだ眠れそうにもない。

こんなにも明日を楽しみにできるのはいつぶりなのか。くすぐったくなる気持ちでいると、部屋の明かりが一段落とされた。


翌朝、厩舎に行く旨をマーシャに告げ、極力動きやすい服装にしてもらう。シンプルな赤いワンピースは、丈は床につくか、ギリギリつかないかくらいまである。

原則、女性は肌を見せない服装をするのが一般的だった。舞踏会や華やかな場ともなれば、多少の露出があるものを選ぶが、それはあくまでも非日常だ。

朝の支度を済ませたタイミングで、スヴェンがライラを迎えに来た。厩舎は城門から歩いてすぐのところにある。外に出るのはやはり気持ちよく、肌に冷たい空気が刺さるが、それさえもライラには新鮮で心地よかった。

ライラがスヴェンに連れられて訪れたのは、アルノー夜警団専用の馬が管理されている馬房だった。木で造られ、入口には大量の藁《わら》が積まれている。

中に一歩足を踏み入れれば、屋根の部分の合間から日光が差し込んでいた。馬の気配はあるが思ったよりも静かで、においもあまりしない。

ここにいるのは乗馬用や馬車を引くための馬とは違い、戦馬としての訓練を受けた特別な馬だ。人の言いつけをよく聞くことと、強さや速さなどが求められる。

スヴェンがある馬房の前で足を止めた。

スヴェンの姿を確認すると、ゆっくりと柵から青毛の馬が顔を出す。前髪はふさふさしているが、たてがみは短めだ。彼が鼻梁《びりょう》をそっと撫《な》でるのを、おとなしく受け入れている。

「この子、スヴェンの馬？」

「そうだ。年だが、機敏で頭もいい」

主人の褒め言葉がわかるのか、馬はわずかに誇らしげな表情を見せた。ライラはゆっくりとそばに寄る。

「名前は？」

「名前はない」

つけたらいいのにと思いつつ、スヴェンの馬に向き合う。

「この前は、乗せてくれてありがとう」

静かにお礼を告げ、スヴェンに倣って手を伸ばしてみる。嫌がられたら、との思いは杞憂《きゆう》に終わり、馬は素直にライラの接触を受け入れた。

近くで見ると目が大きくて優しい。柔らかいとは言いづらい感触だが、ライラは幾度となく鼻梁を撫でてやる。

「バルシュハイト元帥！」

スヴェンを呼び止める声が厩舎に響いた。スヴェンの元にあどけなさが残る青年が近づいてくる。彼は夜警団の団服は着ていない。ライラには目もくれず、スヴェンに慌ただしく説明を始める。

「例の新しく来た鹿毛の馬についてです。どうも扱いが難しく。戦馬としては申し分ない体格と足の速さもありますが、人を乗せるのを拒否している状態が続いています」

「俺も確認したが、なかなか難しそうだな。どんなに素質があっても、人さえ乗せられないならここでは役立たずだ」

切り捨てるスヴェンの言い分に、青年は悔しさを顔に滲ませた。

「申し訳ありません。俺がもう少し時間を費やしてやればいいのかもしれませんが、あの一頭だけに、なかなかそういうわけにもいかず……」

スヴェンと会話する青年をライラはじっと見つめた。赤みがかった癖のある髪に、左にある泣きぼくろ。記憶の中をたどっていく。

「エリオット？」

疑問形で名前を呼んだが正解だったらしく、青年は驚いた面持ちでライラに顔を向けた。改めて、この場に他の人物がいたと気づいた様子だ。

ライラを見てすぐには思い浮かばなかったが、左目を長い前髪で隠している姿には見覚えがあった。

「ライラ⁉」

青年から驚いた声があがった。互いに距離を縮めて確認するつもりで見つめ合い、どちらからともなく手を取り合う。

「エリオット。あなた、城仕えをしていたの？」

再会を喜んで、ライラは声を弾ませて尋ねた。

「ああ。養子に出た先が馬の調教師をしていてね。それからいろいろあって、今ではここ、アルノー夜警団専属の厩舎で馬の世話をしながら調教師をしているんだ」

エリオットはライラと同じグナーデンハオスの出だった。ライラとは年も近く、性格が穏やかなエリオットは、ライラに偏見の目を向けたりもせず仲よく過ごしていた。

ちょうど十歳になるかならないかという頃、エリオットはある夫婦の養子として迎えられて孤児院を出たから、それ以来になる。

泣いて別れを惜しんだ光景が頭をよぎる。お互いに兄妹のような存在で、久々に会えた家族の現状に、ライラは飛び跳ねる勢いだ。

「すごい！　頑張ったのね。昔からエリオットは動物に好かれていたから、すごく向いていると思うわ」

「ありがとう。それにしても、まさかこんなところで会えるなんて。本当にライラなのかい？　君はどうしてここに？」

エリオットの言葉で、はしゃいでいた気持ちがピタッと止まる。

「実は……」

「彼女は俺と結婚したんだ」

言葉を迷うライラよりも先に、スヴェンがきっぱりと言い放った。驚いたのはエリオットだけではなくライラもだ。

「バルシュハイト元帥と⁉」

エリオットは叫んでから、すぐに口元を手で覆い、声を抑えた。スヴェンが結婚した話は聞いていたが、相手がまさか自分の幼馴染みだとは思いもしなかった。

「じゃあ、左目を悪くしているというあの話は……」

ようやく情報が繋がったエリオットに見せつけるかのごとく、スヴェンはライラの肩を抱く。

事実を受け入れたところで、エリオットはライラに笑顔を向けた。

「そうだったのか。ライラ、おめでとう。また改めてゆっくり話を聞かせてくれよ。本当によかった。家族として心から祝福するよ」

「……うん。ありがとう」

眩《まぶ》しい笑顔のエリオットをライラは直視できず、ぎこちなく返した。


スヴェンの自室に戻る際、ふたりに会話らしい会話はなかった。しかし部屋のドアが閉まったのと同時に、ライラは先ほどからずっと思い巡らせていた考えを口にする。

「スヴェン、エリオットに本当のことを話しては駄目かしら？」

「本当のこと？」

先に部屋の中に歩を進めていたスヴェンが、ライラの方を振り返る。鋭い眼差しに、彼女はたどたどしくも頷いた。

「エリオットはフューリエンの事実は知らないから、それはもちろん黙っておく。そのうえで、私たちの結婚には事情があって、期間限定のものなんだって」

「話してどうする？　事情も話せないのに、余計な情報を与えたら邪推を呼ぶ。お前の存在がフューリエンとして下手に知られるところになったらどうするんだ」

　スヴェンの言うことはもっともだ。ライラもわかってはいる。だとしても、それ以上に彼女には思うところがあった。

「……エリオットは口が堅いし、余計な詮索をする人じゃないから」

「ずいぶんと信頼しているんだな」

　間を空けず返ってきた声は、低く辛辣だ。ライラの喉を凍《い》てつかせ、声を封じ込めるほどに。

「ずっと会っていなかったんだろ？　人なんてわからない。お前がフューリエンだと知れば、目の色を変える連中も少なくないのは、身をもって知っているだろ」

「でも」

「そんなに、あいつに俺と結婚していると思われるのは不都合か？」

　畳みかけて尋ねられ、すっかり勢いをなくしたライラは歯切れ悪く答える。

「だって……せっかく私の結婚を祝って、あんなに嬉しそうにしてたのに。事情も知らず、私があなたと別れた事実だけを聞けばきっと心配するし、悲しむだろうから」

「そんな理由か」

ようやくライラの言わんとしていることが伝わり、スヴェンは心底呆れたという感情を声に乗せた。彼女は小さく言い訳する。

「エリオットは大切な家族だったから」

付け足してから、ライラの考えは別の角度に移った。

「スヴェンだって、たくさんの人が結婚を喜んでくれているんでしょ？　もし別れたら、その人たちを悲しませることになるのかな」

「誰も喜んでくれなんて頼んでいない。勝手に盛り上がっているだけだろ」

今になって、ライラの心に罪悪感が立ち込めていく。国王陛下の命令とはいえ、自分は多くの人を欺いているのだ。

「……もしもかまわないなら、私たちが別れた後でもいいの。この結婚には事情があったんだって、スヴェンのいいように公表してもらってね」

「なぜ俺の話になる？」

怪訝《けげん》に尋ね返すスヴェンに、ライラは申し訳なさげに答える。

「私と別れた後で、いつかあなたが本当に結婚したいと思う相手が現れたとき、過去に結婚していた事実は邪魔でしょ？　なら――」

「必要ないな」

スヴェンは軽く鼻を鳴らして、ライラの言葉を最後まで聞くことなく言いきる。

「結婚なんて自分からする気もない。それこそ陛下の命令でもなければ」

「なん、で？」

無意識にライラは声にしていた。あまりにもスヴェンが拒絶する言い方をしたからだ。ふたりの視線が交わり、スヴェンは皮肉めいた笑みを浮かべた。

「いらないんだよ、俺には。そういう大事にしないとならないものとか、大切な存在は。足枷《あしかせ》になるだけだ」

吐き捨てたスヴェンの言葉に、ライラはなにも言えなくなる。同時に、心臓を冷たい手で掴まれたような痛みと底冷えが体を襲う。

スヴェンとの実際の距離はたった数歩分しかないのに、ライラは彼をとてつもなく遠くに感じた。

寄り添う過去

ライラの件があっても、スヴェンのアードラーとしての仕事は変わらない。基本的に彼女に付き合うのは夜だけでいいので、日中は自分の仕事に没頭する。

戦や国家規模での大きな事案でもない限り、アルノー夜警団の上に立つ者としてスヴェンやルディガーなどが自ら動くのは、ある意味稀《まれ》だった。

普段の彼らの仕事の多くは、下から上がってきた解決済みの事案の報告書を確認したり、王都をはじめとする近隣諸国の内部調査の結果を受けたりするなど、事務仕事が主だ。

さらには剣の稽古や、戦いを想定した模擬演習など部下の育成を含め、こなさなくてはならないことは山ほどある。

「心配しなくても、今のところ街で彼女の噂は報告されていない」

「そうか」

アードラーにあてがわれた自分の部屋で書類に目を通しながら、スヴェンはなんでもないかのごとく答えた。

対して声をかけたルディガーは不服そうな面持ちで、報告書を持つのとは反対の手を机につき、行儀悪くもスヴェンの方に身を寄せる。部屋には今、ふたりしかいない。メーヴェルクライス卿の家から消えたライラについて、不審な話は上がってきていないとわざわざ伝えに来たのに、スヴェンはこの有様だ。

「自分の妻のことだろ。もうちょっと反応を示したらどうだ？」

「問題がないなら、それでかまわないだろ」

目線さえよこさないスヴェンに、ルディガーが大きく肩を落とす。

「大好きな相手と結婚できて、幸せいっぱいなんだろ？　新婚の男がそんな険しい表情でどうするんだ。怪しまれるぞ」

「大きなお世話だ」

スヴェンはあからさまにげんなりした。

結婚が公になり、途切れなく持ってこられていた縁談がなくなった代わりに、部下たちからの絶え間ない祝福が送られるのは計算外だった。普段、自分は厳しく近寄りがたい存在として認識されていると自覚していたのに、どうしてこうなってしまったのか。

確かにスヴェンは常に威圧的な雰囲気ではあるが、人望がないわけではない。思ったことは飾らず口にするタイプではあるものの、その指示内容は的確で、部下に無茶をさせる真似はしない。ひそかに彼を慕っている者は多いのだ。そもそも部下から信頼を得られない者にアードラーは務まらない。

「堅物で冷たさしか持っていないと思われがちなお前が、ひとりの女性との結婚を熱望するほどの情熱を持っていたんだ。親近感を抱くやつも多いんだろ」

ルディガーの言い分は、ある程度当たっている。現に、普段はあまり話をしない団員からも、ここぞとばかりに『ご結婚おめでとうございます』と声をかけられた。

さらに、居残って仕事をしようにも『ここは自分たちに任せて、早く愛しの奥さまのところに帰ってあげてください』と言われたのには開いた口が塞がらなかった。

同じ台詞をルディガーが口にしようものなら、スヴェンの鋭い視線で一蹴されただろうが。

「で、愛しの奥さまは毎日退屈せずに過ごせているのか？」

「さあ？　ここ連日、マーシャを連れて厩舎に足繁く通っているらしい」

「厩舎？　あんなところに通ってなにが楽しいんだ？」

若い女性が通いつめる理由が、ルディガーには思い浮かばない。

「なにをしているのか、おおよそ見当はつくが……」

続きを言い淀み、スヴェンはようやく書類から顔を上げた。

「調教師が昔馴染みだったらしい」

「ああ、彼。確かライン氏のところの。そういえば養子だって話してたな」

エリオットの顔を思い浮かべ、ルディガーは情報を整理して腑《ふ》に落ちる。スヴェンはあまりエリオットに興味がなかったので、彼とライラが知り合いだということにはまったくピンとこなかったのだが。

「それは彼女にとっては心強いな」

ルディガーはにこやかに笑う。男女共に好感を持たれそうな爽やかな笑顔だ。対照的にスヴェンは眉を曇らせた。

「だが彼は、フューリエンの件は知らないらしい。なまじ知り合いな分、面倒なことにならなければいいが……」

「心配するのはそこか？」

顔を引きつらせてツッコみ、ルディガーはやれやれと首を左右に振った。焦げ茶色の短い髪が軽やかに舞う。

「こんな優しさの欠片もない無愛想な夫といるくらいなら、自分をよく知る幼馴染みと一緒にいた方がいいだろ」

誰に言うでもなく、宙を向いて言い放ったルディガーのひとりごとは部屋の空気にさっと消えた。

そこでスヴェンの方に顔を向けると、眼差しだけで人を殺《あや》めそうな鋭い視線をルディガーに送っている。もちろん付き合いの長いルディガーはものともしない。

「そんな顔をするくらいなら、素直に彼女の心配をしてやったらどうだ？」

「元々こんな顔だ」

「スヴェン」

親友の名を呼び、ルディガーは改めてスヴェンを見やった。ルディガーの表情にいつもの茶目っ気はない。

「これだけは言っておく。あのことを引きずっているのはお前だけじゃない。優しくするのが無理でも、必要以上に彼女を突き放すのはやめろ。彼女自身、自分の運命に翻弄されている身だ」

「憐《あわ》れんでやれと？」

「そういう話じゃないだろ」

まっすぐなルディガーの視線と言葉に、スヴェンは押し黙る。なにかを返す前にルディガーは調子を取り戻した。

「まったく。この話はやっぱり俺が引き受けるべきだったのかもな。少なくとも俺の方がお前よりも優しい」

「思ってもないことを言うのはやめろ」

いつもみたいに軽口を叩いたルディガーに、スヴェンが皮肉めいた嘲笑を浮かべる。

「お前もたいがいだろ。いつまでも安全な高い位置から見下ろしているつもりでいると、そのうち足をすくわれるぞ」

誰が、誰に、というのは抜けていたが、言いたい意図は十分に伝わったらしい。ルディガーは意表を突かれて大きく目を見開き、苦々しく笑った。

「まさかお前にそんな言葉をかけられるとはな。忠告、痛み入るよ」

「話は変わるが、この変死体の件はどういうことなんだ？」

そこでスヴェンが目を通していた書類について尋ねた。ルディガーはさらに身を寄せ、中身をちらっと確認してから動じることなく答える。

「ああ。ドゥンケルの森の入口付近で若い貴族の娘の遺体が発見されたんだ。首筋に大きく噛まれた形跡があって、死因はおそらく失血死。獣にでも襲われたんだろうという結論で片づいたんだが……」

「あんな森へ、なにをしに？」

すかさず返したスヴェンに、ルディガーは複雑な表情を見せる。哀悼の意を示してか、静かに目線を落として事情を語りだす。

「……恋人と逢瀬《おうせ》を重ねる予定だったらしい。彼女は親に決められた婚約者がいたが、別に好き合った相手がいたと聞いている」

そこでスヴェンは概ねを察し、話の続きを引き取る。

「その男との待ち合わせが、ドゥンケルの森だったというわけか」

ルディガーは軽く頷いて補足する。

「あそこは人目につきにくいからな。気の毒な話だ。……なにか気になるのか？」

報告書から目を離さないスヴェンに尋ねた。彼は軽くかぶりを振る。

「いや。ただ、同じようなことが再び起これば、ある程度動く必要があるかと」

「その心配はない。もう何人か警備に回してある」

ルディガーの素早い返事に、スヴェンは杞憂だったと気づく。

そもそもルディガーはこう見えて頭が切れる男だ。なにより彼にはセシリアもついている。

（決められた婚約者がいながらも、別の好いた相手がいたというわけか）

だからなんだというのだ。スヴェンは頭を切り替え、次の報告書に手を伸ばした。

ライラとは夜を共に過ごすものの、ここ連日はあまり会話らしい会話を交わしていない。

スヴェン自身が疲れているのもあるのだが、ライラも寝つきがよく、マーシャに連れられて彼の部屋を訪れると、すぐにベッドに向かいさっさと眠ってしまう。

不満もなにも感じない。むしろスヴェンの望んでいた最低限の接触だ。必要なのは護衛という形で、夜の間、彼女のそばに誰か……自分がいればいいだけの話だ。

なのにどうしてか、スヴェンはすっきりしない気持ちで部屋に向かった。ルディガーが余計なことを言ってきたからだろうか。

原因もはっきりせず、喉に小骨が引っかかったような不快感が消えない。

歩を進めていると、部屋の前には見慣れた人物が立っていた。近づくにつれ、灯された洋灯の明かりで輪郭が浮かび上がる。

「おかえりなさいませ、スヴェンさま」

そこにいたのは、ライラの世話係をしているマーシャだった。皺ひとつない衣服とまっすぐな背筋は、彼女の気質をよく表している。

「すみません。ライラさまがお疲れのようで、先にお部屋にお連れしたんです」

「かまわない。マーシャもう休め」

軽く労うと、マーシャは深々と頭を下げた。

「ちなみに、何人か夜警団の者から結婚を祝福される言葉を投げかけられましたが、ライラさまと必要以上の接触はしておりません」

「そうか」

マーシャの報告にスヴェンは短く返した。それくらいは想定内だ。

「では、私はこれにて失礼いたします」

「……マーシャ」

踵を返そうとしたマーシャを呼び止めた。表情ひとつ変えずに自分を見やる彼女に、スヴェンは一瞬だけ迷いを生じさせたが、素直に疑問を口にする。

「あいつ、ライラはなにをしているんだ？」

スヴェンの質問にマーシャの目尻がわずかに下がる。

「それは、ご本人に直接聞いてみればよろしいんじゃないですか？　おふたりはご夫婦なんですから」

どこか楽しそうなマーシャにスヴェンは眉をひそめる。しかしすぐに彼女が真面目な顔になり、自分よりもかなり背の高いスヴェンをまっすぐに見つめた。

「スヴェンさま、ライラさまは一生懸命で優しい方です。微力ですが私もおそばにおりますし、あなたがご心配されることはなにひとつありませんよ」

心配というのはどういう意味なのか。そこがまずは気になった。だが問いただす言葉も見つからない。

虚を衝かれた顔をするスヴェンにマーシャは素早く頭を下げると、静かにその場を去っていった。

スヴェンは軽く息を吐いてから自室のドアを開ける。部屋に入ると明かりはさらに頼りなく、廊下以上に薄暗い。しかも今日は月も隠れている。外からの光も期待できない。

とはいえスヴェンにとっては、暗闇に目が慣れるのはあっという間で、動くのも周りの状況を掴むのも造作もない。

わずかに人の気配を感じ、足音を消して近づくと、いつも自分が使っているデュシェーズ・ブリゼにライラが体を横たわらせ、規則正しい寝息をたてているのが目に入った。

体を丸め、すっぽり収まっている姿はやはり猫に似ているとスヴェンは思う。それにしても、どうしたものか。

しばし考えを巡らせ、スヴェンはライラを抱き上げた。ゆっくりとベッドまで運び、そっと体を沈めてやる。

自分も倒れ込む形になったので、重みでベッドの軋む音が響いた。ライラの長い栗色の髪が白いシーツに散る。

そして、顔にかかっている彼女の髪をなにげなく掻き上げた。するとあどけない寝顔が晒される。

フューリエンと言われても、こうして目を閉じて片眼異色が姿を現さなければ、ライラも年相応の女子となんら変わらない。

ルディガーの言う通り、この瞳のせいで彼女の人生は翻弄されている。今も好きでもない自分と結婚させられ、不自由な生活を強いられている。

『憐れんでやれと？』

ふと自分の言い放った台詞が頭をよぎった。

複雑な思いで頭を撫でて彼女の髪に触れる。瞳を隠すために伸ばされた髪は、思ったよりも触り心地がいい。

そこで呼応するようにライラが小さく声を漏らしたので、一瞬スヴェンに緊張が走る。左目に髪が滑り、ややあって彼女の目が開いた。

「ん。スヴェン？」

寝ぼけまなこのライラと至近距離で視線が交わる。半分無意識の中、自分の名前が彼女の口から紡がれたことに、スヴェンは心なしか驚いた。

何度か瞬きを繰り返したライラは頭を動かし、徐々に意識も覚醒させる。大きく目を見開いたかと思えば、次に待っていたのは混乱だった。

「え？　あの……」

状況が理解できていないライラをよそに、スヴェンはさっと体を起こした。それに彼女が続く。

「ここ……。あ、ごめんね。運んでもらったんだ」

あたふたと事態を把握したライラが小さく漏らした。そして声の調子と体勢を整え直す。

「スヴェン、最近忙しいみたいだけど大丈夫？」

「心配ない」

ひとことで済んだ返事に勢いを削がれたものの、律儀に報告する。

「それと、アルノー夜警団の人に『ご結婚おめでとうございます』って声をかけられたんだけど、軽く返事をしただけで済ませておいたから」

「マーシャから聞いた」

やはりスヴェンからの回答は短く、今度こそ部屋は沈黙に包まれた。澄んだ空気が肌を刺し、なにかに押されて口を開いたのは、意外にもスヴェンだった。

「……連日なにをしているんだ、お前は」

自分を見下ろしてくるスヴェンの質問にライラは目をぱちくりとさせ、続けて珍しく、含んだ笑みを浮かべた。

「内緒」

まさかの回答にスヴェンは顔をしかめる。ライラは笑ったままだった。

「夫に隠し事か？」

「時期が来たらちゃんと話すよ。スヴェンだってそうでしょ？」

ライラの切り返しに言葉に詰まり、すぐに反論ができなかった。

そもそもアプローチの仕方を間違えた。ライラと自分の関係は対等ではない。そこを突っつけばよかったものを、どうしてわざわざこんな言い方をしたのか。

押し黙るスヴェンに、ライラがフォローの言葉をかける。

「今は話せないだけで、ちゃんと話すから。あなたに迷惑をかけるようなことはなにも……」

「……戦で幼馴染みを亡くした」

突拍子もなく告げられた言葉は、ライラの思考も時間さえも止めた。動けずにいる彼女をよそに、スヴェンは無遠慮にベッドの端に腰かける。自然とライラに背を向ける形になった。

「クラウスに……今の王になってからだいぶ治世は落ち着いたが、前国王は野心家で好戦的だった」

不敬罪とも取れる発言。それを自覚したうえで口にした。今まで声にしたことはない。けれどこれが自分の本音だ。

まさか誰かに吐き出す日が来るとは思いもしなかった。そして一度栓を抜けば、その勢いは止まらない。

「クラウスを含め、俺とルディガー、そしてセドリックは幼馴染みだった。セドリックの父親が前アードラーを務めていて、俺たちは共に彼に剣を習った。誰よりも強くなって、ゆくゆくは王となるクラウスを、この国を守るんだと意気込んでいた」

スヴェンの表情はライラからは見えない。ただ淡々と彼の口から語られる話に、ライラは微動だにせず聞き入る。

スヴェンたちの剣の腕は確かなもので、指導者がよかったからか、筋がよかったからか、早々と将来を期待され、夜警団への入団が許された。

アルント王国としては、アルノー夜警団は使うよりも持つ方に重きを置いていた。騎士団としての存在自体が国内の秩序を保つことに繋がり、また他国への戒めとして機能し、無駄な争いを避けていた。

しかし前国王は、夜警団の基本理念『必要最低限の介入を』をねじ曲げ、近隣諸国への見せしめと、夜警団に所属する若者たちの国や王に対する忠誠心を試すつもりで、挑発するかのごとく他国へ騎士団として派遣させた。

「国王は必然的にアルノー夜警団の総長も務める。前国王は、夜警団の使い方を間違えたんだ」

スヴェンたちが十八歳になる頃だった。緊張状態にあった、南国境沿いに隣接するローハイト国に奇襲し、攻め入るよう前国王が指示を出したのは。

戦場となったのは、先の戦争で捕虜となった人々が暮らす小さな村だった。捕虜で、自国の人間ではない。そんな理由でなにも知らない村人たちが戦争に巻き込まれた。

馬のいななく声。剣のぶつかる音。土埃が舞い、怒号が飛ぶ。

敵か味方か一般人かどうかさえ判断する余裕もない。大人も子どもも、男も女も関係ない、ひどい惨状だった。

ありありと頭に蘇る光景に、スヴェンは頭を下げると大きく息を吐いた。

「月の明るい……満月の夜だった。逃げ惑う村人の中で、親とはぐれて泣いている子どもを庇《かば》ってセドリックは死んだ。どんなに剣の腕を磨いても人間なんて呆気ない。本当に一瞬の出来事だった」

スヴェンの声からも口調からも、悲痛さは窺えない。むしろ機械的に冷然とした様子が、かえってライラの胸を締めつける。

一拍間を空けてから、緩やかにスヴェンは顔を上げた。

「前国王を責めているわけでも、恨んでいるわけでもない。俺たちの覚悟が足りなかった。セドリックが死んだのも、あいつが馬鹿で優しすぎたから。それだけだ」

子どもを助けたにもかかわらず、戦いが終わって村人から向けられるのは憎悪の眼差しだけだった。彼の死を悼む者なんていない。

こんなことはよくある。そう言い聞かせてきた。いちいち心を痛めていたら、夜警団としてやっていけない。上は目指せない。

それでも、ずっと引っかかっている。

剣を取るのはなにかを守るためだ。それが国のためか、王のためか、家族のためなのか。自分の信念でもプライドでも、なんでもいい。相手も同じだ。譲れないものがあって、そのために命を懸ける。

けれど、あの戦争でたくさんの者を傷つけ、自分たちも傷つき、そこまでしてなにを守ったのか。

誰のために戦った？　本当に国のためだったのか。

わからない。幼馴染みの死はなんだった？

国王……上に立つ人間のひとことで多くの人間が動き、命が消える。ひとくくりにされる死者の数。でもそのひとりひとりに人生があり、大切なものがあった。

『俺たちは物なんかじゃない！』

あのとき、誰に対してもぶつけられなかった感情が、今でも心の奥底でずっと燻《くすぶ》っている。

「……どうして今、私に話してくれたの？」

「さあ、なんでだろうな」

ライラの静かな問いかけにスヴェンは適当に答えた。彼自身も理由などはっきりしない。

ライラに対し、彼女を物のように扱ったことで、蓋をしていた感情が自戒として痛みだしたからか。それとも――。

しばらく視線を落としたままでいると、正面に気配を感じ、スヴェンは顔を上げようとした。ところがそれは予想外の行動で阻まれる。

いつの間にかベッドから下りたライラがスヴェンの前に立ち、彼の頭を包み込む形で抱きしめてきた。

「ごめん、ね。なんて言っていいのかわからない。でもスヴェンが泣きそうで」

ライラの声は震えていたが、回された腕は力強く温かかった。スヴェンは抵抗することなくため息交じりに呟く。

「泣くわけないだろ。感傷に浸ってもなにも変わらない。いいことも悪いことも全部背負って前に進んでいくしかないんだ」

「うん。でも人間、弱くなるときもあるだろうし。それに、泣くって涙を流すだけじゃないと思うの」

ライラはぎこちなくスヴェンの頭を撫でて語りだした。

「私、ね。こんな目でしょ。泣いたらいつも以上に珍しがられたり、からかわれたりしたの。瞳と同じく涙の色も左右で違うんじゃないかって。おかげで泣くのが怖かった。我慢してた」

悲しいときやつらいことがあったときも、泣きたい気持ちを必死で堪えて自分の中で感情が収まるのをただ静かに待った。いつの間にかそれが癖になり、ライラは泣くという行為自体ができなくなっていた。

「そんなとき、伯母さんがいた頃はね、こうやって抱きしめてくれて私に言うの。『こうしたら誰にも見られない』って」

実際に涙を流すかどうかは別として、そうされるとライラの張りつめた気持ちはわずかに緩み、安心できた。泣けない自分と、泣くことを許された気がした。

ライラは込み上げてくるものを呑み込もうと、唾液を嚥下する。そして無理やり笑って、スヴェンに言い聞かせる口ぶりで続ける。

「だから私が隠してあげる。大丈夫、こうしてたら誰からも……私からも見えないよ」

スヴェンは瞳を閉じて、そのままの体勢でライラの言葉を受け入れた。もちろん泣くつもりも、気配もない。自分はそこまで単純でもなければ感情的でもない。一方で、こんなことは無意味だと切り捨てる真似もしなかった。

ライラの温もりを感じながら、第三者にかけられた言葉を思い出す。

『彼女自身、自分の運命に翻弄されている身だ』

『ライラさまは一生懸命で優しい方です』

まるでわかっていないという言い草。そんなことはない。自分はとっくに……。

「知ってる」

言われなくても、口にしないだけでちゃんとわかっている。憐れんでやればいいのかと皮肉で返してみたが、その必要がないのも。

ライラ自身が自分をかわいそうだとは思っていない。散々嫌な思いもしてきただろうが、彼女の口から出るのは、恨み言ではなく感謝の言葉ばかりだ。

それはスヴェンに対しても同じだった。突き放しても、冷たくしても、ライラは笑顔を向けてくる。寄り添おうとしてくる。

スヴェンとしては戸惑うしかない。嫌っているわけでもない。ただ受け入れるのが面倒なだけだ。

なにもかも割り切ってきた自分にとって、今さら誰かに歩み寄るのは億劫《おっくう》でしかない。もうあんな思いをするのはごめんだ。それなのに――。

スヴェンの発言を受け、ライラはわけがわからないままに回していた腕をほどいた。顔を上げた彼と目が合う。

部屋が暗くても、お互いの表情はしっかりと認識できるほどに近い。先に唇を動かしたのはスヴェンの方だった。

「気が向いたんだ」

「え？」

「お前に自分の話をした理由。不満か？」

固まっていたライラは泣きだしそうな表情で微笑み、静かにかぶりを振った。

「ううん。……ありがとう、って言ってもいいのかな？」

「好きにしろ」

ぶっきらぼうに答えて、スヴェンは離れたライラを手繰り寄せ、今度は自分から彼女の腰に腕を回す。

どうしてか、与えられる温もりが消えたことがものすごく名残《なごり》惜しく思えた。

ライラはスヴェンの行動に驚きはしたが、なにも言わない。頭の中では今までの彼の言葉や態度を思い出していた。

『俺にとって満月は忌むべき存在だ。好きじゃない』

『いらないんだよ、俺には。そういう大事にしないとならないものとか、大切な存在は。足枷になるだけだ』

そうやってスヴェンが自らひとりを選んで進んできたのだと思うと、ライラの胸は軋んだ。

数人の夜警団の人間に声をかけられて、スヴェンが上に立つ者として慕われているのが伝わってきた。それでも彼が他人と距離を取り、副官をつけずにいるのも、あまり眠れない原因も、すべては今の話に基づくのだと納得する。

自分には想像しても足りないほどの修羅場を、スヴェンは幾度となく経験してきたのだ。

この胸の中を渦巻く感情の名前をライラは知らなかった。同情でも共感でもない。水の中にいるわけでもないのに、息が苦しくて溺れてしまいそうだ。

先ほどとは逆で、今はスヴェンからライラに触れている。応えたくなって、彼女はそっとスヴェンの頭に手を伸ばした。

おもむろに撫でると彼の黒髪が滑り、体温が伝わってくる。その手が振りはらわれることはなかった。

数日後、訓練場での剣の稽古を終えたスヴェンとルディガーは、城内に戻ろうとしていた。

「冬が本格的に訪れる前に、今年も一度、迎冬会《げいとうかい》を開催するらしい」

「そうか」

迎冬会は、冬の到来が間近になった頃に城で開催される舞踏会だ。上流階級の貴族たちはもちろん、王家に関係する者など多くの人たちが参加する。

冬の間はどうしても皆、外に出るのに二の足を踏みがちだ。なので、そうなる前のこの機会に情報交換や近況報告などを兼ね、それぞれの野心を達成する場にもなっている。もちろん純粋に出会いを期待する者たちも少なくはない。

軽く返したスヴェンに、ルディガーはさらに補足する。

「それに合わせて大広間の改装をするそうだ」

「業者の……城への外部者の出入りもそれなりにあるわけか」

当日の警護はいざ知らず、準備段階から気を抜けそうにない。城へ入場する際に全員の身分を確かめたうえでの作業となるが、どこまで信頼できるかは謎だ。

「特に、今は彼女がいるだろう」

ルディガーが遠慮がちに話題を振った。『彼女』というのはもちろんライラのことだ。先日の件もあり、スヴェンの反応を窺っていると、後ろの方から声がかかる。

「スヴェン！」

ルディガーも、名前を呼ばれた本人も素直に振り返る。装飾が控えめなワインレッドのワンピースを身にまとったライラが、笑顔でこちらに駆け寄ってきた。

裾が広がりを見せ、彼女が足を動かすたびに緩やかに揺れる。長い栗色の髪はひとまとめにされ、左目は髪で隠されているがすっきりとした印象だ。

「やあ、ライラ。君も外にいたのかい？」

「はい。こんにちは、エルンスト元帥」

ライラはわずかに膝を折り、ルディガーに挨拶をした。続けて、その視線の先はすぐにスヴェンに向けられる。

「スヴェン。忙しいとは思うんだけれど、今日どこかで少しだけあなたの時間をもらえないかしら？」

「時期が来たのか？」

「うん。お待たせしました」

息を弾ませて笑顔のライラに対し、スヴェンはいつも通りだ。ふたりの温度差をそばで感じ、ルディガーはなにも言わずに成り行きを見守る。

そこに、肩で息をしてライラを追いかけてきたマーシャが現れた。

「ラ、ライラさま、先にひとりで行かれないでください。老体に鞭《むち》を打ちましたよ」

「ご、ごめんなさい。スヴェンたちを見かけて、つい……」

マーシャを置いて走りだしてしまったのを顔面蒼白《そうはく》で詫《わ》びて、ライラはマーシャの体を心配する。なにやら場が騒々しくなってきた。

「少し落ち着け」

呆れた面持ちでスヴェンがライラの頭に手を置き、続けてルディガーに向き直った。

「ルディガー、悪いが席を外す。先に行っておいてくれ」

「あ、ああ」

まさかの展開に、ルディガーは呆気に取られながらも生返事をした。驚いたのはライラも同じだったらしい。

「今いいの？　急がせるつもりは……」

「かまわない。ほら、どこに行けばいいんだ？」

目をぱちくりとさせるライラを、スヴェンは面倒くさそうに促した。ライラはすぐにこやかな笑顔に戻り、先を歩きだす。

彼らの背中をルディガーは呆然と見つめる。ややあって込み上げてくるのは、なんとも言えないおかしさだった。

珍しい光景に遭遇したものだ。得したような、信じられないような。

（こちらの思っている以上に、うまくやっているのかもしれないな）

心の中でひとり納得し、先にセシリアの待つ仕事部屋へと歩を進めた。

夏に比べると、同じ時間帯でも太陽の位置が低くなり、照らす力も幾分弱くなった。秋の訪れはちょうどいい気候と共に、時に肌寒さももたらす。

植物も徐々に色づき始め、湿っぽい草花のにおいが鼻を掠めた。アルント王国では夏から冬への移り変わりはあっという間で、秋を感じる時間は貴重だった。

ライラがスヴェンを連れてやってきたのは、彼の予想通り厩舎だった。中に入りはせず、入口で待つよう指示され、スヴェンはおとなしく従う。

同じく待機するマーシャと並び、前を向いたまま彼女に話しかける。

「連日、ここに通いつめていたんだな」

「ええ。怪我をされないかと、いつも肝を冷やしておりました」

マーシャの反応で、自分の考えが当たっていたと確信する。ライラがここでなにをしていたのかはおおよそ予想がついていた。

「付き合わせて悪かったな」

抑揚のない言い方だったが、スヴェンの発言にマーシャは大きく目を見開く。なにも返せずにいること数秒間。微妙な間合いを不審に思ったスヴェンが眉を寄せ、顔を横に向けた。

「なんだ？」

「いえ、なんでもありませんよ」

マーシャの顔はいつも通り涼しいものになる。それでいて、どこか嬉しそうにしているのが伝わってきた。ほどなくして彼女の眼球がわずかに動く。

「スヴェン！」

その視線の先を追ったのと、名前を呼ばれたのは、ほぼ同時だった。視界に声の主を捉える。

馬に跨ったライラがゆっくりとこちらに近づいてきていた。そばにはエリオットが付き添っている。

「見て見て、スヴェン！　どう？」

格好を差し引いても、手綱を取り、背筋をまっすぐに伸ばしたライラの姿は意外と堂々たるもので、高い位置から微笑み、得意げな表情を見せてくる。

スヴェンの注意はすぐ違う点に移った。彼女が乗っている馬に対してだ。

「その馬」

鹿毛の馬には見覚えがある。確かライラと一緒にここを訪れたとき、使い物にならないとエリオットから報告を受けた馬だった。

スヴェンも確認したが、当時はどうも人間を受け入れる気がなく、下手をすれば暴走しそうな勢いだった。ところが今はその片鱗《へんりん》をまったく見せず、従順にライラを乗せている。

「どう？　立派でしょ？」

「乗馬の練習をするなら、もっと適した馬がいただろ」

つい棘を含んだ言い方になる。ここでライラが乗馬の練習をしているとは思っていたが、なにも初心者向けとは思えない気難しい馬を相手にする必要はないだろう。

先ほどのマーシャの言い分が腑に落ちる。これは見ている方も気が気ではなかったに違いない。どうしてよりによってその馬を選んだのか。

まだなにか言おうとしたスヴェンに、ライラから意外な言葉が投げかけられる。

「この子、これでアルノー夜警団の馬として使ってもらえる？」

声に出す直前で、言葉が思わず引っ込む。ライラは子どもが親になにかをお願いするような面持ちでスヴェンを窺っている。

「きっと人間に怖い思いをさせられたんだと思う。最初は鞍や鐙《あぶみ》とか、馬具をつけるのも大変で……」

労わる口調で、自身を乗せている馬について語りだした。続けて、ふっと微笑む。

「でも大丈夫だってわかったら従順になって。頭もよくて動きも機敏だし、いい子なの。ちゃんと訓練したら、もっといろいろなことができて役に立つと思うから……」

たどたどしく説明してくるライラに、スヴェンは自身の言葉を思い出す。

『どんなに素質があっても、人さえ乗せられないならここでは役立たずだ』

どうやらライラがここで本当にしたかったのは、自分が馬に乗れるようになること
ではなかったらしい。

気づけば、馬のそばにいるエリオットも、隣にいるマーシャも、スヴェンの返答を
緊張した雰囲気で待っているのが伝わってくる。スヴェンはおもむろに息を吐いた。

「わかった。使おう」

瞬時にライラは顔を綻ばせ、満面の笑みを浮かべる。

「ありがとう！」

続いてエリオットと目を合わせ、彼の補助を受け、慎重に馬から降りた。

「よかったな、ライラ」

安堵《あんど》した表情のエリオットに、嬉しさのあまり思わず抱きついた。彼の首に細い腕
が回される。

「ありがとう、エリオット！　あなたのおかげよ。本当にありがとう」

「ラ、ライラ」

感情を爆発させ、今にも飛び跳ねそうな勢いのライラにエリオットは困惑する。

幼馴染みの抱擁を、今は年齢的にも立場的にも素直に受け入れることはできない。

慌てて彼女を自分から引き離す。

「ライラ、お互いにもう大人なんだ。昔みたいに簡単に抱きしめたり、キスしたりするのはなしだよ」

「ご、ごめんなさい」

冷静に指摘され、ライラは顔を赤らめてエリオットから距離を取った。

「とりあえず、その馬を戻してこい」

スヴェンの言葉を受け、エリオットが馬を馬房に連れていく。その後ろ姿を見送り、ライラはスヴェンに向き直った。

「スヴェン、ありがとう。あの子をよろしくお願いします。私を乗せられるくらいだもの。きっと慣れている人が乗ればもっと――」

「お前は、あの馬のためにここで時間を割いていたのか？」

話を遮って投げかけられた問いかけに、虚を衝かれた顔をする。そしてしばらく目を泳がせてからぎこちなく答える。

「そんな立派なものじゃないよ。時間を持て余していたし、私も馬に乗る練習をしたかったから……それだけ」

風が吹いて木々を鳴らす。遠くでなにかが転がる音がした。ライラの髪もわずかに揺れ、前髪の合間から金の瞳がちらりと覗く。

ライラは顔の向きを変え、マーシャにも声をかける。

「マーシャもありがとう。ずっと付き合わせてしまってごめんなさい」

「かまいませんよ。それにその言葉は、すでに旦那さまからいただきましたから」

「え？」

急いでスヴェンの方に首を動かすと、彼はふいっと目を逸らした。

「俺は仕事に戻る。今日はいつもより遅くはならないと思うが、疲れているなら先に休んでいろ」

言い捨てて、さっさとライラとマーシャに背を向けた。その背中にライラが呼びかける。

「スヴェン」

振り返りはしない。ライラはかまわず一方的に彼の背中に続ける。

「今日は寝ないで待ってるから。時間を作ってくれてありがとう。いってらっしゃい」

スヴェンが足を止め、わずかに顔を動かしてライラの方を見たので、一瞬だけふたりの視線が交わる。

スヴェンからなにも言葉は返ってこなかったが、かすかに口角が上げられている表情に、ライラも自然と笑顔で応えた。


日が落ちるのも日増しに早くなってきた。スヴェンが業務を終えて自室に向かうと、ライラは約束通り起きて待っていた。ベッドに腰かけ、両腕を思いっきり上に伸ばしたり、自身の肩をほぐしたりしている。

「スヴェン、おかえりなさい。お疲れさま」

スヴェンを視界に捉え、明るく声をかけた。彼女の服装はいつも通り、薄い夜着にローブを羽織っている。

「寝違えたのか？」

「まだ寝てないよ」

からかい交じりのスヴェンに、むすっとして答えた。

「ホッとしたからかな。今になって体中の関節とか筋肉が痛くなってきちゃった」

湯浴みの際も体をほぐしながらじっくり浸かったのだが、どうも違和感が拭えない。それを今さら感じるのが、ライラとしてはおかしかった。

「今回の件、ずっと黙っていてごめんね」

ふと思い出し、スヴェンに謝罪する。自分の肩に回していた手を膝の上に戻した。

「別に。大方予想はしていた。お前は単純だからな」

その回答に安心するべきか、怒るべきか。ライラが反応に困っている間、スヴェンはゆっくりとベッドに近づく。そして彼女の正面に立った。

「ただ、あの馬を手なずけるのは相当な手間だっただろ」

スヴェンの指摘にライラは視線を落とすと、どことなく悲しげに笑った。

「そんなことないよ。……なんていうのかな、私の自己満足。勝手にあの子を自分と重ねたの」

人間を拒否する姿からは、この瞳についてあれこれ言われて心を閉ざしていた自分を思い出す。傷つくくらいなら最初から深入りしない方がいい。

それでいいはずなのに、やっぱり必要とされたくて、本当の自分を見てほしくなる。矛盾している気持ちは、一歩踏み出さないとなにも変わらない。

「ちょっとだけ嬉しかった。誰かの、なにかのために頑張るのって、ずっとなかったから。どちらかといえば、あの子のためっていうより自分のためだよ」

「その自己満足で、あの馬は使えるようになったんだ。誰も損はしていない」

厩舎に通いつめ、ライラは鹿毛の馬と心を通わすのに必死だった。なんとかこの馬本来のよさを引き出したい。エリオットのアドバイスを受けて、世話をするところから始めた。

体を動かすのは好きだし、時間も十分にある。孤児院でも動物の飼育はしていたので抵抗もなかった。手は荒れるし、手綱を取るためマメもできた。でも気にならず、むしろ誇らしかった。『なにもしなくていい』と言われるよりよっぽどいい。

ライラの提案に最初はいい顔をしなかったエリオットだが、なんだかんだで面倒を見てくれた。彼には本当に感謝している。

けれど最終的にはスヴェンの判断次第だ。懇願するのは簡単だが、それは違うと思い、ライラはスヴェンに余計な話はしなかった。

目の前で証明し、納得してもらうしかない。チャンスは一回きりだ。そんな緊張をずっと背負っていた。同時に、彼に黙っていることに言い知れない後ろめたさを感じていたのも事実だ。

「……ありがとう」

スヴェンの言葉に、純粋に気持ちが軽くなる。彼が余計な優しさを併せ持っていないのを知っているから、素直に受け取れた。

（最初はずっと、冷たいだけだと思ってたけど……）

「とりあえず、そのローブを脱げ」

「え？」

突然の指示にライラは目を丸くする。もう寝ろという意味なのか。

「そんなに凝っているのか？」

固まっているままのライラをよそに、スヴェンは彼女の肩に手を伸ばした。

「わっ」

躊躇いもなく触れられ、ライラは思わず悲鳴にも似た声をあげる。ローブ越しの右肩に大きな手が置かれ、動揺が隠せなかった。

スヴェンはまったく気に留めない。それどころかライラの首元で緩く結ばれているローブの紐に、空いている方の手をかける。

あっさりと紐をほどくと、合間から手を滑らせ、ライラの肩に直に触れた。

「んっ、ちょっと！」

肌に触れられた驚きで、ライラは反射的に強めの声で制した。だが、遅い時間だと気づき、すぐに口をつぐむ。

「確かに凝ってるな。熱も持ってる」

ライラに触れながらも、スヴェンは冷静そのものだった。それが逆に彼女の恥ずかしさを増幅させる。

骨ばった手は思った以上に温かく、触れ方も優しい。とはいえ異性にこんなふうに肌を触られた経験は皆無だ。

触れられたところが熱を帯びるのに対し、鳥肌が立つ。わけがわからない。心臓が破裂しそうに脈打ち、体が勝手に反応する。

「この機会に少し鍛えてみたらどうだ。ない筋肉を酷使したからだろ。揉《も》んでやろうか？」

「いい！　平気！」

下を向き、突っぱねて叫んだ。スヴェンは気にする素振りもなく、ライラに触れ続ける。気づけば両方の手を肩から下に滑らせ、肌を撫でていた。

「ん」

ぎゅっと目を閉じて、漏れそうになる声を必死で堪える。すると、触れられていた手の動きがふと止まった。

「そこまで嫌がらなくてもいいだろ」

「い、嫌がってるわけじゃ……」

「なにって」

そこでライラはおそるおそる顔を上げた。腰を屈めてはいるが、自分より高い位置にいるスヴェンの顔は不機嫌そうだった。

「あの男には自分から触れておいて？」

持ち出された話題に目を瞬かせる。すぐにはなんの話か理解できなかったが、厩舎前でエリオットに抱きついたのを思い出した。

「あ、あれは……。エリオットは私にとっては家族みたいなもので」

そもそも触れ方が全然違う。あたふたと言い訳すると、スヴェンはライラに顔を近づけ、シニカルな笑顔を向ける。

「家族、ね。なら、俺たちはなんだ？」

体勢や状況も相まって、ライラにはどう答えるべきなのか判断がつかない。混乱している彼女の頤《おとがい》に、なにげなくスヴェンが手をかける。

強引に上を向かされると、相手の瞳に映る自分の姿が確認できそうなほどの距離で、ふたりの視線が交わった。

「……夫婦だろ」

「なら、なんだ？」

確認するかのごとく強く言いきられ、ライラはしばらくスヴェンの顔を見つめたままでいた。

「そ、そうだね」

ややあって弱々しく同意する。それからライラにとっては予想もしていない事態が起こった。

スヴェンの整った顔がさらに近づき、唇が重ねられる。目を閉じることもできず、逆にライラは大きく目を見開いたまま硬直した。

すぐに唇は離れたが、ライラの頭は働かない。された行為も感触も実感が湧かない。そんな彼女から至近距離を保った状態で、スヴェンは不敵な笑みを浮かべ、尋ねる。

「どちらがよかった？」

「え」

あまりにも掠れた声に、自分でもそれが音になったかどうかさえライラにはわからなかった。でも今はどうでもいい。スヴェンは表情を崩さない。

ややあって、彼の形のいい唇が動く。

「俺と、あいつと」

言い終わると同時に再び唇が重ねられる。さすがに今度は抵抗を試みようとするライラだが、スヴェンにきつく抱きしめられ、阻まれる。
それどころか体重をかけられ、そのまま後ろに倒された。覆いかぶさられる形にな
り、背後にはベッドの感触を受け、ますます逃げられない。その間もスヴェンからの
キスは続けられたままだった。
引き結んだライラの唇をほどくように、何度も角度を変えて口づけられる。息する
タイミングさえ掴めず、彼女の胸は苦しさでいっぱいになった。
しかし乱暴に扱われている感じはせず、口づけつつ頬や頭に触れる手は慈しみに溢
れていて、心を落ち着かせていく。
涙が滲みそうになったところで、ゆっくりとライラは解放された。
キスする前とは一転して、ライラを見下ろすスヴェンは複雑そうな顔をしている。
彼になにか言いたいのに、なにを言えばいいのかわからない。
その前に声が出せない。ライラは肩で息をして、必死に肺に空気を送り込む。荒い
呼吸の音だけが部屋に響いた。
スヴェンはベッドに舞ったライラの髪に指を通すが、その動きはどこかぎこちない。
そして彼女の顔と左目を覆う前髪に手を伸ばしたとき、拒否の意を表してライラは顔
を背けた。

「私……したことない」

ようやく喉の調子を整え、ぶっきらぼうに告げる。

「エリオットと。そもそもキスしたことない」

「は？」

エリオットからそれらしき発言を聞いたスヴェンとしては、矛盾するライラの主張が理解できない。

ライラはスヴェンの方を向くと、右側のエメラルド色の瞳で彼を力強く睨《にら》みつけた。

「あれは……キスといっても頬とかおでことか、そういうのだよ。言ったでしょ、彼は幼馴染みで家族なの。口にするのは特別！」

今度こそ怒りを露《あら》わにしたライラに、スヴェンは気まずい気持ちになった。対する彼女は、自分で発言した内容を改めて意識させられ、羞恥で再び顔を赤らめる。守るようになにげなく両手で口元を覆った。

「初めてだったのに」

くぐもった声は責めるというより、恥ずかしさが滲んでいた。さすがに謝罪の言葉を口にしようとしたスヴェンだが、それより先にライラが続ける。

「……でも、嫌じゃなかった」

本音が意図せず漏れる。

あまりにも突然の出来事に、気が動転して受け入れることも拒むこともできなかった。とはいえ本気で嫌ならもっと必死に抵抗しただろうし、今もこんな冷静ではいられないと分析する。

自分の胸を覆うこの気持ちをはっきりと名づけ、説明するのは難しい。簡単にひとことでは言い表せない複雑な感情がライラの中で渦巻いている。

「なぜ?」

ところがライラの心情などおかまいなしに、スヴェンは突っついてきた。

「なぜって……そんなのわからないよ。スヴェンこそ、どうしてなの?」

スヴェンはどういう気持ちだったのか、なにを考えていたのか。口づけてきた理由を知りたくて質問したが、彼はあっさりとかわす。

「どうしてだろうな」

はぐらかしたスヴェンの返答に多少腹を立てつつ、ライラは自分の気持ちを整理し、心の中で結論づける。

「スヴェンも……私のこと、嫌いじゃない?」

スヴェンからの口づけで嫌な気持ちにならずにいられたのは、彼を嫌いではないからだ。それだけは、はっきりと言える。

　その理屈でおそるおそる尋ねると、スヴェンは意表を突かれた顔をした後でわずかに目を細めた。

「そうだな」

「そっか……よかった」

　肯定され、安堵の息を吐くのと共にライラは笑った。仮初めの関係とはいえ、嫌われるよりは嫌われていない方がいいに決まっている。

　ライラの心は春の陽気さながらにぽかぽかと温かくなり、満たされていた。スヴェンに嫌われていないという事実だけで頬が緩んでしまう。ずいぶんと身勝手なことをされたというのに。

　スヴェンはゆっくりとライラから離れる。ライラの視界が開け、天井が顔を覗かせたので彼女はベッドに肘をつき、体を起こした。それを待ってスヴェンは彼女に話を振る。

「今度、街に連れていってやる」

「本当⁉」

　立って自分を見下ろすスヴェンとの距離を縮めようと、勢い余ってライラも立ち上がって、にじり寄る。

「ルディガーとセシリアが行く予定があるらしい。お前のことを話しておいた。ついでに連れていってもらえ」

「……スヴェンは、一緒じゃないの？」

「俺は別件で忙しい」

膨らんでいた気持ちが急速にしぼんだ。慌てて気持ちを切り替える。

街に連れていってもらえるだけでも喜ぶべきなのに、当然スヴェンも一緒に行くつもりだと思っていた自分が恥ずかしくなった。

しょげているライラをなだめるかのごとく、頭に大きな手が置かれる。

「また今度、時間を作ってやる」

「……うん」

心地いい重みを感じ、素直に頷いた。そのとき、顔の横から落ちるライラの髪をスヴェンが指先ですくい、そっと耳にかけてやる。

驚きで顔を上げようとするのと、唇が重ねられたのは、ほぼ同時だった。

「つな、なん……」

不意打ちの口づけに狼狽《うろた》えるライラに、スヴェンは呆れた面持ちだ。

「お前は本当に鈍いな」

「アードラーのスヴェンにしてみれば、たいていの人間は鈍いでしょ！」

「そうかもな」

すかさず返したライラの言葉に、ふっと気の抜けた笑みを浮かべた。ほの暗い部屋の中でもその表情はライラの目に焼きつく。

明るくなくて残念なような、ありがたいような。朱に染まる自分の頬を見られないで済むのはよかった。こんな顔を見られたら、またからかわれてしまう。

（それにしても――）

「スヴェンは、なんで急に私に……キス、したの？」

今までそんな素振りひとつ見せなかったのに、なにがきっかけでこうなってしまったのか。

スヴェンの態度にライラは戸惑いが隠せない。

「さあ？　お前の理論でいえば、俺たちは家族であり夫婦だ。なにより結婚したんだ、お前は俺のものだろ」

「自分のものだったら、好きにキスしていいの？」

急降下したライラの機嫌は声にも表れる。キスする理由として不適切だったのか、思わず〝物扱い〟してしまったことに対してか。

スヴェンは一瞬言葉に迷い、観念した声色で告げる。

「自分の可愛い妻に口づけて、なにが悪い？」

束の間の静寂がふたりの間を流れ、ライラは溜《た》めていたなにかを発散するかのごとく、大げさに首を横に振った。

「えっ⁉　わ、私……」

「ほら、さっさと寝ろ。疲れているんだろ。なによりその格好でうろうろしていると、風邪をひくぞ」

そこで、いつの間にかローブを脱がされていたことに気づいた。薄い夜着一枚では肌寒く、露出度も高い。

今は寒さよりも羞恥心で血が沸騰しそうに熱いのだが、さらに体温が上昇した気がする。

「お、おやすみなさい」

声にならない声を喉から絞り出し、急いでベッドに潜り込んだ。穴があったら入りたい。冷たい布の感触に身を丸くする。

「ライラ」

不意に名前を呼ばれ、体をびくりと震わせてから、意識をそちらに向けた。

「あの馬に関しては、正直持て余してたんだ。だから感謝してる」

ライラはなにも答えられなかった。ただ溢れ出そうな想いを抑えるために、胸元でぎゅっと握り拳を作る。

スヴェンはいつも絶妙なタイミングで、ライラの気持ちを見透かしたような言葉をくれる。前は純粋に喜ぶだけだったのに、今はそうもいかなかった。

どうしてなのかはわからない。嬉しい気持ちと同時に、切なさで胸が張り裂けそうになる。

優しくするのも、キスをしたのも、家族として、夫婦として、なにより妻として自分を見てくれているからなのだとしたら。

この関係は、そう長くはない。終わるのも決まっている。

（そういうこと、なのかな？）

暇潰しでも、気まぐれでも、彼なりの配慮なのだとしても、どれも本物ではない。

その事実にライラは体の奥が締めつけられる痛みを覚えた。

痛みも、痛みの原因からも目を背けたくて、強く目をつむる。心臓の音がやけにうるさくて、なかなか眠れそうもなかった。

分かつ温もり

小雨などぐずついた天気が続き、久々に秋晴れが王都を包んだ。

澄みきった空は雲に邪魔されることなく、どこまでも青い。上空で舞っている鷹《たか》がはっきりと見えるほどだ。

冷たい空気は冬が間もなく訪れるのを表している。

この日、ライラはルディガーとセシリアに同行し、街へ行く手はずになっていた。

挨拶しようとルディガーの仕事部屋を訪れると、まずは部屋の主、そして彼のそばにいたセシリアの格好に目を丸くする。

「やあ、ライラ」

初めてこの部屋を訪ねたときと同じ位置にふたりはいた。ところがルディガーもセシリアも今は団服を身にまとっていない。

ルディガーは白いシャツに草色の襟つきの上着を羽織り、黒のズボンにブーツと、庶民と貴族の中間的な服装だ。爽やかで、長身の彼によく似合っている。

セシリアは碧色《あおいろ》のワンピースを身にまとっており、腰と裾に黒のラインが施されているが、それ以外に目立った飾りはない。

いつもは後ろでまとめ上げられている髪も、左耳下で緩やかに束ねられ、彼女の綺麗な金髪が服の色との対比でより際立っている。

「私服……なんですか？」

まじまじとふたりを見つめて、ライラは疑問を口にした。

「そう。今日はセシリアとデートの予定だったんだ」

「そ、それはすみません」

「元帥！」

笑顔のルディガーに対し、ライラは顔面蒼白で謝罪の言葉を発した。そこにセシリアのいさめる声が割って入る。

セシリアは軽くため息をついてから、ライラに向き直った。

「違いますよ、気になさらないでくださいね。仕事です。市井での聞き込みをするためにこの格好なんです。団服だとどうしても身がまえられて、噂話やなにげない情報などは入手しにくくなりますから」

「そう、なんですか」

ライラはようやく納得する。一方でルディガーは不満げだ。

「そんな全力で否定しなくてもいいだろ」

「冗談は時と相手を選んで言うべきですよ」

「俺はいつでも本気なんだけど」

　それだけ言うと、ルディガーもライラの方に顔を向ける。

「とにかく街に溶け込むのが大事で、はっきりとした目的地もないんだ。だからライラの行きたいところを遠慮なく言えばいい」

「ありがとうございます。よろしくお願いします」

　ルディガーは柔らかい笑みをライラに送った。

「こちらこそ。気分転換も必要だろうから、思いっきり楽しむといいよ。スヴェンにも言われているから」

「……はい」

　スヴェンの名前が出て、ライラの気持ちがほんのり温かくなる。この場にはいないが、スヴェンの優しさにもライラは感謝した。

　ライラの今日の格好は、シフォン生地の落ち着いた淡いクリーム色のワンピースだった。髪は左側で編み込み、緩く束ねている。

　移動するのと、街中であまり目立たないことを考えた結果だ。セシリアとルディガーの服装からしても、人目を引いたりはしないだろうと胸を撫で下ろす。

外に移動すると、ライラは肌寒さにわずかに身震いした。アルント王国は秋が短い。暑さに眉をひそめていたのが、つい最近の出来事のようだ。

なんとか馬に乗れるようになったとはいえ、さすがにライラひとりで馬に乗せるわけにもいかず、彼女はセシリアの馬に相乗りすることになった。

セシリアの馬は栗毛色で、四肢や顔などところどころ白色になっている。セシリアは軽い身のこなしで馬に乗り、ライラは彼女の後ろに跨った。

馬独特のごつごつした感触や温もりを感じ、セシリアの細い腰におずおずと腕を回した。

「遠慮なく掴まってくださいね。気性の荒いところもある馬ですが、ゆっくり行きますから」

「すみません。よろしくお願いします」

「さあ行こうか」

ルディガーの合図で馬はおもむろに動き始めた。街へ行くのはいつぶりだろうかと、ライラは記憶をたどる。

ファーガンの家に行く前、孤児院にいた頃も、ライラはあまり外出を好まなかった。

けれど今はお目当てのものがある。気持ちは自然と期待に満ちていた。

山を下り、夜警団の屯所に馬を預け、三人は徒歩で中心地を目指す。来たる冬に備えるべく広場では市が並び、賑《にぎ》わっていた。

南部地方から運ばれてきた色とりどりの果物は、見た目や香りで人々を楽しませ、肉を干したものや魚の瓶詰めなど保存食も多かった。

王都では雪は滅多に降らないが、冬の間、食糧不足になるのはどうしたって避けられない。

ここでセシリアとルディガーはふた手に別れる。ルディガーは予定通り情報収集、セシリアはライラに付き添うのが今日はメインだ。

「いいですか？　酒場に入っても、くれぐれも飲みすぎないでくださいね」

セシリアは硬い口調で上官に釘を刺した。おかげでルディガーは眉尻を下げ、困った顔で笑う。

「わかっているさ。シリーこそ、せっかくの機会だ。ライラと一緒に楽しんでおいで。今日はライラもいるし、君は一般人だ。下手なやつについていかないように」

「やめてください、子どもじゃないんですから」

「だから言ってるんだよ」

セシリアの頭になにげなく触れる。呼び方のせいか、やり取りの内容からか、ふたりのまとう雰囲気が上司と部下からプライベートなものに切り替わった気がした。

ルディガーのあまりにも自然な触れ方に、ライラは目を奪われる。当の本人であるセシリアは拒否しないものの、渋い表情を崩さない。対するルディガーの顔にはどこか切なさが交じる。だが、すぐにいつもの柔らかい表情に戻った。

「では、夕暮れどきにまたこの広場で」

セシリアはため息をついて上官を見送ると、ライラと共に歩きだした。

「どちらに行かれますか？」

「まずは薬種店に行きたいんです。欲しいものがあって……」

「いいですよ。お付き合いします」

自分よりもやや背の低いライラを建物側にして、セシリアは横に並ぶ。背筋がピンッと伸びた姿勢のよさや、凛とした横顔、柔らかい金色の髪は自分にはないもので、ライラはつい目線を送ってしまう。

「セシリアさんは……その、エルンスト元帥の副官をされて長いんですか？」

ふと口をついて出た質問に、相手は律儀に考える素振りを見せ、回答してくる。

「そう、ですね。彼がアードラーになる前からなので、副官としてはかれこれ六年でしょうか」

ライラにとって六年はかなり長い年月だ。六年前の自分を思い浮かべるが、まるで子どもだった。

今、目の前にいる女性も十分に若い気がするが、年齢を尋ねるのはどうもはばかられた。それを悟ったセシリアが自分から話し始める。

「私は二十二になるので、十六の頃からですね」

「十六歳ですか！」

思わず漏れた声は思ったよりも大きく、ライラは急いで口をつぐむ。

十五歳で成人とみなされるとはいえ、ライラにはあまりそういった意識も実感もない。ゆえに、セシリアが今の自分よりも年下のときからルディガーの元で働いていたことに驚きが隠せない。

ライラは興奮してセシリアに話しかける。

「すごいですね。セシリアさんの実力あってこそといいますか。大抜擢《だいばってき》ですね」

「いえ。私が自ら志願したんです。あの人のためなら、すべてを捧げてもいいと思ったので」

さらりと続けられた言葉を、額面通り受け取っていいものか悩む。なかなか大胆な発言に、つい動揺した。

そこでセシリアはなにかに気づいた面持ちになり、慌ててライラの方に顔を向ける。

「今の話、エルンスト元帥にはしないでくださいね。調子に乗りますから」

冷静沈着だった彼女の感情が揺れ動く。ライラは目を瞬かせて素直に頷いた。

そして一瞬の沈黙がふたりを包み、どちらからともなく吹き出して表情を緩めた。

商人たちの威勢のいい声が飛び交う中を歩き続け、不意にライラは大通りから一本奥に入った細い道に進む。

急に寂れた雰囲気になり、セシリアはわずかに警戒心を強める。ライラは迷いのない足取りだ。

「ここです」

ある店の前でライラは足を止め、セシリアに声をかけた。古めかしいレンガ造りの建物だった。くすんだ色の壁の間から雑草類が顔を出している。

「来たことがあるんですか？」

「はい。孤児院にいた頃、庭で薬草などを育て、こちらに売りに来ていたんです」

懐かしみを込めてドアに一度目を向け、セシリアに視線を戻す。

「店の主人には、私は城仕えをしていると説明します。どうか私の嘘に付き合ってください」

セシリアは目で静かに応えた。ライラは木製のドアをノックし、建物の中に入る。

「こんにちは」

入口は狭く、中は薄暗い。さまざまな薬草の香りが鼻をついたが気にしない。

「お客さんかい?」

しゃがれた声で、腰の曲がった男性がゆっくりとカウンターに姿を現した。右目に装着したモノクルと、ちりちりの白髪頭が目に入る。肌は黒く、どちらかといえば細身だ。

「お久しぶりです、ディルク」

ライラが声をかけると、老人の目が、かっと大きく見開かれた。顔に血の気が通り、急に興奮気味になる。

「ライラ? ライラじゃないか! 久しぶりだね。グナーデンハオスを出て養女になったと聞いたが、元気にしていたかい?」

「はい。今はいろいろあって城仕えをしているんです。彼女は一緒に働いている仲間で……」

「こんにちは」

ぎこちなく説明すると、セシリアは空気を読んで挨拶をした。ディルクはちらりとセシリアを一瞥したが、すぐライラに視線を戻す。

「城仕えとは、これまた立派だ。同年代の女性もいるなら安心だな。それで、今日はどうしたんだい？」

「いくつか欲しいものがあるんです」

「わかった。なにをお望みかな？」

ライラは空で薬草の名をいくつか挙げていく。ディルクはカウンターの後ろにある棚の数えきれないほどの小さな引き出しから、指示された薬草を確認してはライラに見せた。

場所も名前もすべて把握済みだ。ディルクの薬草の知識は相当なもので、ライラに薬草の効能や相性、煎じ方などを淀みなくアドバイスしていく。

話の内容からおすすめの薬草なども挙げていき、ライラに指定されたものと共に、前のカウンターに一種類ずつ並べていった。

「このナイーフはグナーデンハオスから買ったんだ。相変わらずうまく育てているよ」

いくつか選んだ後に取り出したのは、白くて小さな花を乾燥させたものだった。精神的安定をもたらすとして、貴族の間では人気の品だ。

ライラもよく世話したのを思い出し、自然と笑顔になる。

「それはよかったです」

結果的に六種類ほど購入する。お金は出かける前にスヴェンに渡されていた。護身用の短剣と共に。

『いいか。使う必要がないのを願うが、どうしても自分の身に危険が迫ったら迷わなくていい。ただし自分を傷つける真似はするなよ』

意外と重みのある短剣は、利き腕である右腕のワンピースの袖口に隠してある。物騒なものと自覚はあるし、ライラ自身も使う状況には巡り合いたくない。

一方でスヴェンから手渡されたおかげもあり、お守りのような温かさも感じていた。

「それで、城にいい男はいたかい？」

包んでもらった薬草を受け取ると、ディルクはからかう調子で聞いてきた。

「はい。素敵な男性に出会いましたよ」

素直なライラの返事が意外だったのか、ディルクは一瞬、意表を突かれた顔になる。

そして今にもライラの両肩を掴みそうな勢いで続ける。

「なら、さっさと結婚してもらえ。お前さん、もういい年だろ？　ちらっと噂で聞いたが、アードラーのひとりが見初めた相手も片目を悪くしているという話じゃないか」

思わぬ話題に、ライラの顔が一瞬強張る。もっとも、情報が曖昧なのか、ディルクはまさかアードラーと結婚したのがライラ本人だとは露にも思っていない様子だ。

ディルクは乱暴に頭を掻いた。

「ライラの左目は不自由かもしれないが、それを差し引いてもお前さんはいい子だよ。グナーデンハオスが悪いところとは言わないが、今まで苦労してきたのを考えると、やっぱり誰かと結婚して幸せになってほしいんだ」

親子よりさらに年は離れているが、ディルクとしてはライラに対して不憫《ふびん》な気持ちもあり、ついお節介を焼いてしまう。

同情されるのはあまり気持ちのいいものではないが、ストレートなディルクの感情と物言いが、ライラは嫌いではなかった。

ライラの左目は今も昔も髪で覆われ、病で不自由になったという設定で通している。嘘をつき通す罪悪感もあり、ディルクから視線を外して小声で返す。

「ありがとう。でも……」

言葉に迷う。もちろん今の自分の状況を話すわけにはいかない。とはいえこれ以上、ディルクに偽りを述べるのは嫌だった。

意を決し、ライラは顔を上げ、ディルクに笑顔を向ける。

「まだ探しているんです。特別な……私の運命の人を」

ライラの言い分にディルクは軽くため息をつき、それでも笑ってみせた。

「そうかい。なら早く見つかるのを祈ってるよ。絶対に幸せになりな」

ライラは目を伏せて応えた。それからディルクはセシリアに「ライラを頼む」と、これまた父親気取りで挨拶し、おまけの薬草も渡してきた。

店の外に出て、中との明るさの対比にセシリアはわずかに目を細めた。一歩前へ進むと、ライラが礼を告げてくる。

「付き合ってくださってありがとうございます」

「いい人ですね」

「はい。彼は孤児院の活動に理解があって、昔からよくしてくれていました。外出は好きではなかったんですが、ここでさまざまな薬草の効能や特徴などの話を聞くのは楽しみで……」

そこで言葉を切り、空を見上げた。この風景はずっと変わらない。

狭い路地の建物の合間から覗く色は、青よりも白に近い。まるで自分が閉じ込められているかのような錯覚に陥る。

薬草の入った紙袋を持ち直し、改めてセシリアに向き直った。

「もうひとつ行きたいところがあるんです。お付き合いいただけませんか？」

セシリアに断る選択肢はない。時間も十分にあるし、今日はライラの希望を優先させるのが任務だ。それを踏まえても、セシリア自身がライラに対し興味が湧いていた。

中央広場から西の方角へとライラは歩きだし、セシリアが半歩遅れて続く。足を進めていくうちに、打ち解けてきたライラとセシリアは雑談に花を咲かせ始める。

「女性の団員の方は少ないんですね」

「どうしても危険が伴いますし、本人がよくても周りが反対する場合が多いですから」

それを聞き、ライラはさらにセシリアに尊敬の眼差しを向ける。するとセシリアは気恥ずかしそうに苦笑した。

「実際、女性の方が適する任務もありますからね。私の立場はそういう理由もあるんです」

現に、ライラの件に関してもセシリアの存在は大きい。

しばらく話が盛り上がったところで、開けた場所に出た。辺りは建物がまばらになり、田園風景が広がっている。中心部と比べると賑わいはないが、いくつかの木々が影を作ってのどかな雰囲気だ。

ライラは前方に視線と意識を向け、足を動かす。

左手には農場があり、家畜の放つにおいや気配を感じる。続けてアーチ型の薄緑色の屋根が目に入った。ライラの育った場所であるグナーデンハオスだ。

ここを出てまだ半年ほどしか経っていないはずなのに、ライラにはものすごく久しぶりの帰郷に思えた。

そこで、右手にある庭の方から人の気配を感じたので、ライラはセシリアと共に、とっさに近くの木の影に身を潜めた。

十代後半の少女と十歳前後の少年のふたりが、籠を持ってなにやら話している。

「アル。ナイーフが全部売れてよかったね」

「今年は豊作ね」

少年に対し、少女は穏やかに微笑んだ。

「エアケルトュングもいい感じだよ」

「あれは葉に小さな棘があるから、気をつけなきゃ駄目よ」

腰を屈めて言い聞かせる少女に、少年は口を尖らせる。

「わかってるよ。アルってば、ライラみたい」

「しょうがないでしょ。今は私が一番お姉さんなんだもん」

「アルー！　ザック――！」

建物の中から、他の子どもたちがふたりの元へ駆け寄ってきた。ライラの知っている顔もいれば、初めて見る子どももいる。皆、笑顔だ。

ある程度離れた場所から、ライラはその様子を見守る。

なにを話しているのかは聞こえないが、懐かしいあの場所に飛び込んでいきたい衝動に駆られるのを、ぐっと堪えた。

「皆、元気そうでよかったです」

「あの、これ以上は……」

「わかっています。姿を見せるのも、声もかけるのもしません」

ぎこちなくたしなめようとするセシリアに、ライラはきっぱりと答えた。声には固い決意と、ほんの少しの寂しさが交じる。

きっと彼らもシスターも事情を話せば、またライラを喜んで受け入れるだろう。しかし一部でフューリエンとして自分の噂がたってしまった以上、関わるのは危険だ。

「行きましょうか。約束の時間もありますし。お付き合いくださってありがとうございます」

にこやかにセシリアに礼を告げると踵を返し、ライラは後ろ髪を引かれながらも、その場から離れた。

太陽が西に傾き始めた頃、待ち合わせ場所に決めていた広場の店の前にはルディガーの姿が先にあった。ふたり組の若い女性に声をかけられ、笑顔で対応している。

ライラたちに気づくと視線をよこし、彼は手を上げた。自然と女性たちの目もこちらを向く。ライラを庇うのもあり、ここでセシリアは前に出た。

案の定、彼女たちからは不服そうな眼差しを注がれたが、セシリアは涼しい顔でルディガーに近づく。

「ごめんね、彼女が来たから。また楽しい話を聞かせてくれると嬉しいな」

不満げに渋々と女性たちが去ってから、セシリアは上官に話を振る。

「もう少し後から来た方がよかったですか?」

「いや、絶妙のタイミングだったよ。なかなか面白い話が聞けた。そっちはどうだい? ライラはお目当てのものは手に入れられたかな?」

ルディガーに尋ねられ、ライラは精いっぱいの感謝を伝える。

「はい。今日はありがとうございました」

自然と紙袋を持つ手に力が入った。そこにセシリアが口を挟む。

「ちなみに、彼女たちから聞いた面白い話とはどういうものですか？」

「それは、後でふたりきりになったらゆっくり話そう」

「いちいちそういう言い方はやめません？」

「エルンスト元帥」

セシリアがため息交じりに返したとき、この場にいる誰でもない女性の声が割って入った。視線を送れば、色香漂う大人の女性が妖艶な笑みを浮かべている。

ライラが今までにあまり出会った経験がないタイプだ。ミルクティーを連想する柔らかくて細いふわふわの髪は腰まであり、体のラインがくっきりと出るワンピースはどちらかといえばドレスに近い。

胸元と肩が大胆に開いていて、控えめなローズピンクの生地が、彼女の肌にはよく似合っている。

「やあ、ジュディス。久しぶりだね」

ルディガーがそつなく対応すると、ジュディスと呼ばれた女性が緩やかに口を開く。化粧をしっかり施し、口に引かれた紅の色が彼女の唇の動きを際立たせた。

「最近、全然寄ってくれないから。今日はプライベート？」

「さあ、どうだろう？」

そこでジュディスの目がセシリアとライラに向けられた。視線が交わり、ライラはドキッとしたが、すぐにジュディスはルディガーに向き直る。

「バルシュハイト元帥は一緒じゃないの？」

「あいにくね」

まさかここで彼女の口からスヴェンの名前が出るとは思ってもみなかったので、ライラの心は意識せずとも大きく揺れる。

「彼が結婚したって本当？　噂では、彼が相手との結婚を切望したって……なにか事情があるとかではなく？」

「陛下からお達しのあった通りだよ」

ルディガーは核心には触れず、余計な情報を与えない。ジュディスはわずかに顔を歪めたが、彼女の美しさが損なわれはしない。

「でも、人の心なんてわからないものね。なら彼に伝えて。夜も寒くなるし、気が向いたらいつでも温めてあげるからって」

ルディガーは苦笑して、一瞬ライラの方を窺った。ライラにはジュディスの発言も、ルディガーの視線の意味もよくわからない。

しかし目の前の彼女がスヴェンの知り合いなのは、はっきりと理解できた。なんとなく親しい間柄だというのも。

「彼女はここら辺で一番大きい大衆酒場で働いていてね。あの外見だし、言い寄る男も多いから、なにかと情報通で……」

ジュディスが去った後、聞かれてもいないのにルディガーがライラに気まずそうに説明する。セシリアは余計な口を挟まず、難しい顔で事の成り行きを見守っていた。

「綺麗な人でしたね」

ぽつりとライラは呟いた。憧れというより、モヤモヤした気持ちが晴れない。ジュディスがなにをしたわけでもないのに、心の奥底をべったりとした手で触られたような不快感だ。

自分の心に棘が生えて、勝手に痛んでいる。ライラは正体不明の感情を振りはらうべく、お目当ての薬草の入った紙袋をぎゅっと抱え直した。

しばらくその場には、ジュディスの甘い残り香が漂っていた。

城から来たときと同様に、帰りもライラはセシリアの後ろに乗せてもらう。城が山の上にあるからか、夕日を背にして馬は斜めになっている道を力強く駆け抜けていく。

到着した頃、太陽の消えた空は徐々に紫色に染まりだしていた。

馬から降りると、セシリアがライラの部屋まで付き添うと申し出た。なにからなにまで恐縮するばかりだが、素直に受け入れる。

「今日は、本当にありがとうございました」

「いいえ。疲れたでしょうから、ゆっくり休んでくださいね」

ドアの前で挨拶を交わして、ライラは一応ドアをノックした。中を覗けば、丁寧に部屋の掃除をしていたマーシャがライラに気づく。

「おかえりなさいませ、ライラさま」

「ただいま、マーシャ！」

飛び跳ねる勢いでライラはマーシャの元へ駆け寄った。

「久々の街は楽しめましたか？」

「うん。お目当てのものも買えたし、もう大満足。行ってよかった」

「それはなによりです」

かすかに目を細め、目尻の皺が深くなったマーシャに、紙袋の中から小さな花束を取り出した。白と黄色の可憐《かれん》な花たちだ。

「これ、気持ちばかりだけどマーシャにお土産《みやげ》」

マーシャは意外そうに目をぱちくりとさせて、ライラから手のひらサイズにまとめられている花を受け取る。

「ありがとうございます」

「ゲルプの花は小さいのに香りがよくて、リラックス効果もあるから」

「せっかくですし、お部屋に飾りましょうか」

そこまでだいそれたものでもないが、マーシャの提案にライラは笑顔になる。マーシャもまた花を眺め、顔を綻ばせた。

そしてライラは躊躇いがちに切り出す。

「あの、実はマーシャに相談というか、お願いがあるの……」

薬種店で購入した薬草の紙袋を、おもむろに差し出した。

自室で私服から団服に着替えたルディガーは、一直線にアードラーの部屋に向かった。自分にあてがわれた方ではない、同じ役職に就くもうひとりの男の部屋だ。

「戻ったぞ」

形だけのノックをして、返事を待たず中に足を踏み入れる。机に着き、書類に目を通していたスヴェンは、ルディガーの態度をさして気にもせず顔を上げた。

「大きな問題はなかったか？」

「問題もトラブルも特にはなし。ただ、強いて言えばお前だよ、お前！」

「なんだ？」

珍しくルディガーが投げやりな口調になる。スヴェンの元まで長い足を動かし、さっさと距離を縮めた。机を挟んで正面に立ち、あれこれ言おうとしたが、すんでのところでやめる。

自分に言い聞かせるかのごとく、軽く首を横に振った。

「いや、いい。スルーされたらされたで、そこまでだしな」

「いったい、なんなんだ」

事態が呑み込めないスヴェンが不機嫌な声で聞いた。ルディガーは頭に手を添え、息を吐く。

「とりあえず、ライラの反応次第だと言っておく」

ますます意味が理解できない。スヴェンは下から睨みを利かせたが、口を開く前に、ルディガーが頭から手を離して真面目な面持ちで続ける。

「セシリアからの話だ。寄った店は薬種店のみだが、その後に彼女、グナーデンハオスに行ったらしい」

「それは」

「もちろん接触はしていないし、させていない。遠巻きに見ていただけだ。一応、伝えておく」

スヴェンは口元に手をやり、しばし思案した。しかし、今はとにかく目の前の仕事に集中しようと頭を切り替え、話を振る。

「こっちは、東側に位置する尖塔の部屋の鍵束がなくなっていると報告があった」

「尖塔の鍵？　なんでまたあんなところの……ほとんど使っている部屋はないだろ」

「だから、妙なんだ」

アルント城にはいくつもの尖塔があり、昔は敵襲に備えた見張り部屋として使われていた歴史もあったが、今はその役目はほとんど必要ない。

日常的にあまり使われる部屋でもないが、定期的に掃除し、見回りもしている。西と東に分かれて鍵をまとめて管理していたが、こんな事態は初めてだ。

「誰か清掃担当の者が持っているんじゃないか？」

紛失は大きな問題だが、今すぐどうなるというものでもない。ルディガーの言い分も可能性としてないわけではなく、とりあえず、しばし様子見することになった。

「にしても、あいつが行きたかったのは薬種店だけだったのか」

珍しくスヴェンから話題を戻すと、ルディガーが苦笑する。

「店主が昔からの知り合いだったらしい。にしても年頃の女性だし、もっと違うものを欲しがるのかと思えば……。彼女らしいと言えば、それまでだけどな」

スヴェンは机に肘をつき、顎に手を添え、考えを巡らせた。その様子を見かねたルディガーが声をかける。

「気になるなら、後は自分で彼女に聞けよ。奥さんだろ」

ルディガーの発言が耳を通り過ぎる。大きな問題もトラブルもなく、ライラの目的が達成できたのならかまわない。特に本人から聞きたい話もない。

なのに、どうしてかスヴェンの心にはなにかが引っかかっていて、不快感が胃を重たくする。そこでなんとなくライラの笑顔が頭によぎった。

あれを見れば、多少は楽になるのか。彼女が嬉しそうに笑えば、幾分この気分は晴れる気がした。

今日中に片づけるべき仕事を終え、スヴェンが自室に戻ると、ぱっと見ではライラの姿はなかった。とはいえドアの前でマーシャが待機していたし、部屋の洋灯の明かりが点いているので、ここには来たのだろう。

一瞬、部屋の外に意識を飛ばしたが、すぐに中で気配を感じる。団服を脱ぎ、上は白いシャツ一枚になると、おもむろにベッドに近づいた。

「スヴェン」

ベッドの中に身を沈めていたライラが、ひょっこり顔を出す。珍しい光景だった。たいてい彼女は先に部屋にやってきても、ソファに腰かけているか、休むにしても懲りずにデュシェーズ・ブリゼを使っていたからだ。

「起こしたか？」

「ううん。スヴェンを待ってたの」

そう言ってゆっくりと身を起こす。ローブはまとっておらず、薄い夜着のみだが、シーツを肩にかけて羽織っていた。手櫛で大雑把に髪を整え、スヴェンを見上げる。

「あのね、今日は街に行ってとても楽しかったし、欲しかったものも買えたよ」

控えめに、けれど声を弾ませて告げた。笑顔のライラに、スヴェンの心もわずかに和む。

「エルンスト元帥やセシリアさんにはもちろん、スヴェンにも感謝してるの。本当にありがとう」

そこでライラは、はっと思い出した顔になった。

「お金、あまり使わなかったけど残りを返すね。借りていた短剣も」

「いい。あれは護身用に常に持っておけ」

眉をへの字にする。普段から持っておくにはなんとも緊張する代物だが、ここは素直に従っておく。

自然とスヴェンの手が伸び、ライラの頭に触れる。しかし次に彼女の口から紡がれた言葉に、スヴェンの手も、思考も止まった。

「それでね、ジュディスさんって人に会ったの。とっても綺麗な人」

ライラの声のトーンは変わらない。逆にスヴェンはわずかに顔を強張らせた。それに彼女は気づかず続ける。

「スヴェンに伝えてほしいって言われたの。夜も寒くなるし、気が向いたらいつでも温めてあげるって」

ここでスヴェンはようやく、先ほどルディガーが言わんとした内容が理解できた。

ライラの反応次第だと告げてきたわけも。

だが、スヴェンには今のライラの考えも感情も読めない。動揺を顔には出さずに黙っていると、彼女は自身にかけていたシーツをゆっくりと離した。

「だからね」

ライラの細い肩の線が現れたかと思えば、長い茶色の髪が隠す。合間から覗く白い肌にスヴェンが目を奪われていると、彼女の唇が動く。

「今日は私が温めてあげる。とりあえず、ベッドに先に入って温めておいたの！　よかったら使って」

まさかの申し出に、スヴェンは目を見開いて固まる。一方ライラはどこか得意げだ。

「あのね、寒くなって、冷たいベッドだとなかなか寝つけないのも無理はないだろうけど、アルコールに頼るのはよくないよ。体温が上がって眠気を感じても、睡眠の質はよくないから」

子どもに言い聞かせる口調で説明するが、スヴェンからの反応はない。今度はライラが彼を窺う番になった。しばらくの沈黙の後、自分の目を疑う。

「な、なんで笑うの⁉」

軽く吹き出し、口元を押さえたスヴェンの姿に戸惑いが隠せない。この堅物な男が笑う姿など想像もできなかった。

満面の笑みとは言えないが、スヴェンの表情は柔らかく、目を細めてライラを見下ろしている。予想外すぎる彼の態度に、ライラは逆に気恥ずかしくなった。

「あの、一応湯浴みして綺麗にしておいたんだけど……」

フォローも意味不明だ。とにかくベッドを温めておこうと思い、行動に移してはみたが、冷静になればスヴェンが人の使ったベッドに素直に入る性格とも思えない。ましてや自分の後だ。

冷たく一蹴されないだけマシなのかもしれない。また余計なことをしてしまったと、後悔と反省の気持ちがライラの胸に急激に押し寄せる。

「ごめんなさい、私」

急いでベッドから下りようとしたライラだが、不意に腕を取られた。スヴェンがベッドに膝をつき、彼女を正面から抱きしめたのだ。

「え？」

「温めてくれるんだろ」

耳元で囁《ささや》かれたかと思えば、ライラの体は勢いよくベッドに沈んだ。

ふたり分の体重を受け、振動が直に伝わる。彼女はスヴェンの腕の中に閉じ込められたままだった。

「こっちの方が手っ取り早い」

吐息を感じるほどの距離に、パニックを起こしそうになる。回された腕の逞《たくま》しさも、密着して伝わる体温もいつもよりもずっと近くて、すべてが心臓を痛めつける。

呼吸困難に陥りそうだ。

「は、な、して」

切れ切れに懇願し、腕に力を入れてみるが、びくともしない。それどころか強く抱きしめ直され、低い声で返される。

「嫌だと言ったら？」

「なん、で？」

わからない。この状況に頭も気持ちもついていかず、どうすればいいのか思考も働かない。

「お前が言いだしたんだろ」

スヴェンから返ってきた言葉に、少しだけ落ち着きを取り戻した。

「……スヴェンの温めるって、こうすることだったの？」

ライラの切り返しに、スヴェンは言葉を詰まらせる。その間、彼女の頭には脳裏に焼きついた艶っぽいジュディスの姿が浮かんだ。

（なら、あの人とも……）

冷たくて暗い感情が渦巻きそうになったそのとき、額に唇の感触があって、我に返った。反射的に身じろぎすると、スヴェンのぶっきらぼうな声が耳に届く。

「夫婦なら、こういうのもいいんじゃないか？」

なぜだかその言い分に、ライラの心を覆いそうになっていた暗雲が消えていく。わずかに体の力を抜くと、スヴェンはぎこちなくライラの髪を撫で始めた。

「スヴェンは寒がりなの？」

「どうだろうな。その点、お前は子どもみたいに体温が高いな」

今、体が熱いのは間違いなくスヴェンのせいなのだが、それは口にはしなかった。

顔を上げると至近距離で視線が交わり、ライラはすぐさま再びスヴェンの胸に顔をうずめる。

「どうした？」

「……両目を見られるのは好きじゃない」

スヴェンの問いかけに対し、弱々しく白状した。いつも金色の瞳を髪で隠しているのも、寝るときばかりはうまくいかない。

「左右で目の色が違うのって、やっぱり不気味だと思うし」

『いい、ライラ。目について言われたくないなら、左目は髪で隠しておきなさい。聞かれたら病気で悪くしたって言うのよ』

孤児院に来た頃、目を不思議がられたり、からかわれたりして落ち込むライラに、シスターは強く言い聞かせた。

他人から見えるのが理由で言われるなら、隠せばいい。ずっとそうやってこの目と付き合ってきた。

「珍しくはあるが、不気味ではないだろ」

そこで発せられたスヴェンのきっぱりとした物言いは、普段通りだった。

「この目のせいであれこれ言われて、フューリエンだの煩わしい思いしかないだろうが、それは周りが好き勝手言ってるだけだ。お前が悪いわけじゃない」

スヴェンの声色には、下手な慰めや励ましなどは感じられない。余計なものがない分、ライラの心にすとんと落ちてくる。頑《かたく》なだったなにかが、じわじわと溶かされていく。

「スヴェンは……嫌じゃない？」

消え入りそうな声で聞けば、そっと頭を撫でられた。

「そうだな。だから俺とふたりでいるときくらいは気を張らなくてもいい」

おずおずとライラはスヴェンの胸から顔を離し、上目遣いに彼を見る。それだけの動作にひどく慎重になる。

スヴェンはライラの顔にかかる髪を、そっと掻き上げてやった。すると、異なる色の瞳が不安げに自分を捉える。

「本当に月みたいだな」

王もたとえていたのを思い出す。なにげない感想に、ライラは眉を曇らせた。

「でも……好きじゃないんでしょ？」

彼が月にいい思い出がないのは知っている。つらい記憶を蘇らせるのは不本意だ。

「今はそうでもない」

ところがさらりと否定され、思わず目を見開く。スヴェンの整った顔が緩やかに寄せられ、とっさに目を閉じると、左瞼に口づけが落とされた。

続けてライラの瞳が姿を現したとき、今度は躊躇いなく、彼女は両目でまっすぐにスヴェンを見据えた。

「初めて」

ぽつりと呟かれたが、スヴェンには意味が理解できない。泣きそうになるのを我慢し、ライラは笑った。

「伯母さんの前で以外、初めて。瞳を気にせずにいられるの」

感情が昂《たかぶ》って、なにかが溢れそうになる。込み上げる気持ちを、唇をぎゅっと結んで耐えた。

「ありがとう、スヴェン」

「礼はいらないから、このままおとなしくしてろ」

慣れとでもいうのか、あんなに緊張していたのに、いつの間にかこの体勢と温もりがライラには心地よくなっていた。スヴェンはどうなのだろうか。

「でも、眠くなってきちゃった」

「寝ればいいだろ」

「スヴェンに寝てほしかったのに……今日の話だって、まだ……」

言いつつも、ライラの瞼は徐々に重たくなってくる。声もうまく出せない。

「明日聞くから、もう休め」

スヴェンは器用に自分たちにシーツをかける。安心してライラが目を閉じると、再び瞼に温もりを感じた。

「ちゃんと……寝てね」

返事はなかったが、唇になにかが触れた。その正体を確認する間もなく、ライラは夢の中に落ちていった。

翌朝、ライラが目を覚ますとスヴェンの姿はなかった。おかげで昨日の出来事が、にわかには信じられない。

『温める』と自分で言いだしたとはいえ、こんな流れになるとは思ってもみなかった。

あれこれ思い出し、羞恥心がこもって熱くなる頬を押さえる。

そもそも本当に一緒に寝たのかどうかもよくわからない。もしかすると自分が寝た後で、スヴェンはいつものようにデュシェーズ・ブリゼに戻ったのかもしれない。

寂しさを覚え、慌てて振りはらう。スヴェンが寝たのならどちらでもいいはずだ。

薄い夜着はベッドから出ると肌寒く感じた。昨夜は体が熱いくらいだったのに。

まだ太陽が昇っていない部屋で、ライラはマーシャが訪れる前に支度を始める。今日からまた、自分にはすることができたから。

「なんか機嫌いいな」

剣の朝稽古を終え、ルディガーはスヴェンに声をかけた。

「気のせいだろ」

ルディガーを見もせず、スヴェンは短く返した。確かに他人から見たらそうかもしれない。現に、稽古をつけた部下たちには相変わらず厳しく、それでいてアドバイスは的確だった。

基本的に無愛想であまり感情を出さない親友の微妙な変化に気づけるのは、自分を含め、ごく少数だろうとルディガーは思う。

「彼女、喜んでたか？」

「ああ。お前たちにも感謝していた」

試しにライラの話題を振ってみたがスヴェンの回答は端的だ。ルディガーは続ける。

「なら、よかった。セシリアにとってもいい気分転換になったみたいだし」

どうやらジュディスの件に関してはうまく対応したのか、そもそもライラが話題にもしなかったのか。ルディガーもあえて口にはしなかった。

共に愛馬の様子を見ようと、馬房に向かう流れになる。そしてふたりは厩舎の前で見慣れた人物がいるのに気づいた。

ライラが嬉しそうにエリオットと会話している。そばにはマーシャも控えていた。

今日の彼女の服装は、白を基調とした、たるみのあるゆったりとしたワンピースに、胴体部分には焦げ茶の布地が当てられたものだ。腰と胸元が編み上げられ、サイズを調整している。

髪はマーシャが整えたらしく、耳下できっちりとふたつに束ねられ、左目は丁寧に隠されている。

アードラーのふたりに先に気づいたのはエリオットだった。スヴェンとルディガーの顔を見て、すぐさま姿勢を正す。

　つられてライラも彼らの姿を視界に捉え、慌てた様子になった。まずはルディガーに挨拶する。

「エルンスト元帥、昨日は本当にありがとうございました。セシリアさんにもよろしくお伝えください」

「こちらこそ、楽しんでいただけてよかったよ。今日はどうしたんだい？」

　ルディガーの問いに、一瞬だけスヴェンに視線を移す。彼の眉間には不機嫌そうに皺が刻まれていた。

「それが、彼女――」

「あ、駄目！」

　言い淀んでいるライラに代わり、エリオットが答えようとしたが、ライラが急いで制した。エリオットもルディガーも目を丸くする。

「えっと……彼に聞きたい話があったんです。この前預けた、あの子の様子とか……」

　しどろもどろに説明するライラに、ルディガーはひらめいた顔を見せて微笑んだ。

「ああ、例の鹿毛の！　スヴェンから聞いたよ。あれはうちの部下の部隊で使わせてもらう段取りになったんだ。なかなか足も速く、頭もいい馬だね」

それを聞いてライラはホッと安堵する。そこで我に返って背筋を伸ばした。

「なので、私が話しかけて彼の仕事を中断させてしまったんです。エリオットもごめんなさい」

「ライラさま、そろそろ行きましょうか」

場の空気を読んでか、マーシャが声をかけ、ライラもおとなしく続こうとする。しかしなにかを思い出し、くるりと向き直った。

「スヴェン」

声をかけた相手は緩やかに視線をよこした。不安げな色を瞳に宿したライラは、小さく尋ねる。

「今日は遅くなる？」

「特にその予定はない。お前の話も聞かないとならないしな」

冷たい言い方だが、ライラの顔は、ぱっと明るくなる。

「うん。でも無理はしなくていいからね」

笑顔を見せ、マーシャとその場を去っていく。スヴェンは軽く息を吐いて、ライラたちを見送った。そして、さっきから隣で視線を送ってくる男を見やる。

「なんだ？」

「いや、別に」

ルディガーはどこか楽しそうだ。比例してスヴェンの顔には嫌悪が交じる。

「バルシュハイト元帥」

そこに割って入ったのはエリオットだ。恐れ多さからか、遠慮がちにスヴェンに続ける。

「あの、彼女の幼馴染みとして言わせてください。ライラは無鉄砲なところもありますが、いつも人のために一生懸命なんです。至らない点もあるかもしれませんが、どうか――」

「わかってる」

エリオットの精いっぱいのフォローを、スヴェンは遮って答えた。差し出がましかったかと、エリオットの体に緊張が走る。

「あいつが……妻が仕事の邪魔をして悪かったな」

「い、いえ」

思わぬ労いに、エリオットは虚を衝かれた。

あまり感情が乗せられていない声ではあるが、なんとなくアードラーとしてではなく、発言内容も相まってプライベートな雰囲気で返され、安心したのも事実だ。

スヴェンとルディガーに改めて敬意を払い、エリオットは仕事を再開させた。

「お前はまた、なにを企《たくら》んでいるんだ」

日が落ちてスヴェンの部屋を訪れると、宣言通り彼は今日の職務を終え、中で待っていた。読んでいた本を閉じ、入ってきたライラに声をかけた。

「企むって……そんな言い方しなくても」

口をすぼめて返しつつ、ライラは部屋の主に断りを入れず、ソファに腰かける。そして体を反転させ、背もたれ側に向くと、本棚のそばの壁に立っているスヴェンが視界に入った。

「事実だろ」

鋭い返事に目を泳がせる。隠すほどの話でもないが、まだスヴェンには秘密にしておきたい気持ちもあった。

とはいえ、不信感を抱かせるのも本意じゃない。

「えっと、たいしたことじゃないんだけど……」

歯切れ悪く答えるライラに、スヴェンは短くため息をついた。

「時期が来れば言うのか？」

まさかの切り返しに、ライラは目をぱちくりとさせた。続いて素直に頷く。

「……うん」

「なら、いい。ただ、俺は気が長くないからな。早くしろよ」

「はい」

ライラの顔が自然と綻ぶ。スヴェンの対応が純粋に嬉しかった。

「ありがとう。私を信じてくれて」

出会った頃なら考えられない。どういう形であれ、お互いに信頼関係が生まれているのをこういうときに感じられる。

「別に。お前の言う通り、どうせたいした話でもないんだろ」

「あ、ひどい」

口を尖らせたが、こんな軽口を叩けることさえライラの心を温かくした。

そこで気になっていた件を思い出し、別の話題を振る。

「スヴェン、昨日は結局どうしたの？　ちゃんと寝られた？」

意表を突かれたスヴェンは、視線を逸らし気味にしてごまかす。

「さあな」

「教えてよ。邪魔だったなら私……」

「そうは言っていない」

スヴェンの声は大きくなかったが、ライラの耳にはっきりと届いた。彼女はじっとスヴェンに視線を送り、頭の中であれこれ考え、結論づける。

「スヴェンがかまわないなら、今日もベッドを温めておくね」

ソファから腰を浮かし、ベッドに近づく。

前で留めているローブの紐をそっとほどいて夜着一枚になり、中に身を沈めると、冷たいシーツに体温が奪われ、体が震える。

思わず顔を歪め、もぞもぞと身を縮めていたら、視界が急に暗くなった。

慌てて上を向けば、いつの間にかスヴェンが枕元に手をつき、至近距離でライラを見下ろしている。

「え?」

「ベッドじゃなくて俺を温めろよ」

ライラは瞬きひとつできずに固まった。スヴェンの言葉がうまく掴めず、思考回路もストップする。ただ、自分を真剣に見つめる整った男の顔だけを目に映していた。

スヴェンはライラの額に軽く口づけると、自分もさっさとベッドに入り、硬直したままのライラを昨日同様に抱きしめた。

らどうだ？」

「俺がどうしたのか気になるなら、今日は先に寝ずに起きておくか、早起きしてみたらどうだ？」

　意地悪く耳元で囁かれ、ライラの頭はようやく動きだす。

「な、なにそれ。素直に教えてくれたらいいのに。今だって……」

「だから、素直に言ってやっただろ」

　もうライラは言葉が続けられない。無機質な感触から、急に温もりを伴った腕に包まれている。どちらも心臓に悪く、早鐘を打ちだすのが止められない。

　平常心を取り戻そうと、スヴェンの胸から顔を上げ、視線を向ける。遠慮なく、異なる色のふたつの瞳に彼を映した。

「あのね、スヴェン。昨日出かけたときに、久しぶりに孤児院に行ったの」

　ルディガーから聞いていた話ではあるが、それは顔には出さない。ライラもスヴェンが知っているとは思わず話を続ける。

「私、この瞳の色が消えたらグナーデンハオスに戻ろうと考えていたけど、やっぱりやめようと思って」

「なぜ？」

　スヴェンは感情を乗せずに尋ねた。ライラは元々、この結婚がなければ孤児院に戻るつもりだと話していたはずだ。

口元は緩めつつ、ライラの言葉にはほのかに寂しさが交じる。

「あそこはもう、私のいない状態で生活が回っているから」

ライラの妹分だったアルが、今は最年長者として子どもたちをまとめている。それをサポートするザック。皆、自分の役割を理解し、全うしている。そこにライラが戻るのは、今できているものを壊す気がした。

「なら、どうするんだ？」

「うーん、どうしよう。とりあえず生まれた村に戻ろうかな」

まるで明日の予定を告げるような軽い口調に、スヴェンはやや毒気を抜かれる。ライラはふふっと笑ってみせた。

「両親との記憶はほとんどないけど、あそこは両親と……伯母さんとの思い出もあるから。でも旅に出るのもいいかな。今まで人に会うのが怖くて、いろいろと見るのを拒否してきたから。その分、たくさんのものをこの瞳に映したい」

強く言いきり、目を大きく見開いて声を弾ませ、スヴェンを見た。

「馬に乗るのも、もっと練習して……それで探しに行くの！」

スヴェンが『なにを？』と返す前にライラの唇が動く。

「私の運命の人！」

意外な回答にスヴェンは目を丸くした。対照的にライラはおもむろに目を閉じる。

「フューリエンとか瞳の色とか関係なく、私自身を見て好きになってくれる人を探すの。私ね、誰かの特別になりたい！」

言いきり、改めて穏やかな顔でスヴェンと目を合わせた。薄暗い部屋でも互いの表情ははっきりとわかる。

「こんな前向きな決断ができるのは、スヴェンのおかげだよ。私、ずっと人と深く関わるのを避けていた。後ろばかり振り返って諦めてた。でもスヴェン、言ったでしょ？『いいことも悪いことも全部背負って前に進んでいく』って」

スヴェンは軽く息を吐くと、ライラの髪を緩やかに掻き上げる。

「意気込むのはいいが、俺に宣言する内容じゃないな」

呆れた表情と声に、ライラはしばし発言を後悔する。

自分には関係ないとでも言いたいのか。それとも形だけとはいえ結婚している相手に言うのは不適切だと、たしなめられたのか。

スヴェンが言いたい意味を、自分なりに後者寄りに解釈した。

「えっと。スヴェンだから言ったの。他の人の前では気をつけるよ。ちゃんとあなたと結婚しているって意識して発言も行動もするから」

うっかり口を滑らせたわけではなく、わかっていると言いたくて説明する。ところがスヴェンは軽く鼻を鳴らした。

「よく言う。俺よりも先に、違う男にあれこれ相談しているんだろ」

間髪を入れずに返され、ライラはエリオットの件だと認識する。そして今度こそ慌て始めた。

スヴェンは実情を知っているし、先ほどはライラを信用するという対応だった。なので彼の不機嫌さの理由が、ライラにはいまいち理解できない。

そこでライラの頭に、ある可能性がひらめく。

「もしかして私たちの仲、誰かに疑われてる？」

もしくは、疑われそうな真似はやめろという警告か。カモフラージュの結婚だと誰かに悟られるわけにはいかない。顔面蒼白のライラの予想をスヴェンは一蹴する。

「そういう話じゃない」

『なら』と続けようとするライラの額に、スヴェンは素早く自分の額を重ねる。息遣いを感じるほどにふたりの距離は近くなった。

「ただ、夫としては面白くないだけだ」

からかっているのか、真面目なのか。その考えに至るほどの余裕もない。投げかけられた言葉が引き金となって、ライラの体中に動揺が走る。

「う、うん。ごめん。頑張って奥さんらしく振る舞うね」

返答としてはこれでいいのか。たどたどしく答えるライラにスヴェンはなにも言わない。代わりに彼女の頬に触れ、驚きとくすぐったさにライラは目を閉じる。するとすぐさま瞼に口づけられる。

目を開けると、スヴェンの顔を確認する間もなく、再び腕の中に閉じ込められた。心臓が収縮を繰り返し、しばらく収まりそうもない。

密着した相手の胸から規則正しい心音が聞こえてくると、ライラの緊張は徐々に和らいでいく。すると次にやってくるのは睡魔だ。

大きな手で優しく頭を撫でられ、心地よさに拍車がかかる。

触れているスヴェンの方はどうなのか。どういう気持ちなのか。

(スヴェンにとっては妻にというより、猫にするみたいなものなのかな)

どちらでもいい。奥さんらしくと言ったものの、正しい夫婦のあり方など知らない。でもこの状況はけっして嫌ではなく、むしろ心が安らぐ。温もりを与えるつもりが、与えられている。

それにしても、スヴェンは先に寝ずに起きておけばいいと言ったが、どうやら難しそうだ。今日もこの後、彼がどうするのかライラは確認できないらしい。

安心する温かさに、思いきって彼の背中に腕を伸ばそうとする。けれど、すんでのところでやめた。

自分がこうすることで彼の役に立てるならそれでいい。ただ、自分が彼になにかを求めるのはいけない気がした。

かけ違う想い

ライラが街に出かけてから、一週間。『温める』という名目でふたりは同じベッドで寝るのが当たり前になってしまった。

といってもここ数日、ライラはベッドに入り、スヴェンに抱きしめられるとわりとすぐに夢の中に旅立つので、本当に『一緒に寝る』だけだ。

元々寝つきがいい方だとは思っていたが、さすがにろくに話もせずに眠りにつくのが続くことはあまりなかった。

疲れているのか、どこか体調が悪いのか。少なからずスヴェンはライラを気にしていた。

今日は珍しく午後から任務も用事もない。一瞬、ライラに会う考えがよぎったが、すぐに振りはらう。自分らしくもないと嘲笑した。

自室で目を通しておきたい書類と本でも読もうと思い直し、部屋に向かう。日中、ライラはマーシャと客間で過ごしているから、自分の役割は基本的に夜だけだ。

スヴェンは自室で椅子に座り、ふとベッドに視線を向けた。正直、睡眠時間は短いが、前よりも眠れているのは事実だ。

おかげで、より頭も冴《さ》え、仕事の進捗具合も良好だった。間違いなくライラのおかげなのだが、口にはしていない。本人はどう思っているのか。

『今日は私が温めてあげる。とりあえず、ベッドに先に入って温めておいたの！　よかったら使って』

笑顔でまっすぐに告げてきたライラを思い出し、珍しくスヴェンはつい笑みがこぼれそうになった。なにひとつ疑いもせず真面目で、純粋で。自分とは真逆だ。

そういうところが鬱陶しいと思っていたのに、いつの間に彼女を受け入れるようになってしまったのか。

考えを巡らせていると部屋にノック音が響いた。短く返事をすると予想外の人物が顔を出す。

「スヴェン。今、ちょっとだけいい？」

昼過ぎ、この時間帯にライラが自分を訪ねるのは珍しい。なにかあったのか身がまえるが、彼女の雰囲気からしてそういう事態ではないのが窺えた。

「ああ」

中に入るのを許可すると、ライラに付き添っていたマーシャも現れる。今日のライラの格好は黒味がかった赤のワンピースだった。

生地が厚めで、胸元とスカート部分の裾は白い。髪はマーシャの手により、今日も右耳下で緩くひとつにまとめられている。

「今日、午後の時間は空いてるって聞いて……。よかったらお茶にしない？」

まさかの提案にスヴェンは目を見張る。そして、おずおずと説明するライラの後ろで、マーシャはお茶の器具をてきぱきとセットしていく。こちらはまだ返事をしていないのにだ。

「いいじゃないですか。奥さまがお淹れになるんですから、少し休まれては」

心の中を読んだのか、スヴェンの方を見ずにマーシャは手を動かす。そして準備が整い、ふたりにそれぞれ目を向けた。

「スヴェンさまがおりますし、私は席を外しますね。また片づけに参りますから」

「ありがとう、マーシャ」

「かまいませんよ。では失礼いたします」

丁寧に頭を下げ、部屋を去っていった。見送ったライラはスヴェンに向き直る。

「頑張って淹れるから、飲んでくれる？」

緊張した面持ちのライラにスヴェンは気怠そうに尋ねた。

「断るって選択肢はあるのか？」

「で、できればない方向で」

「なら、いちいち聞くな。するなら早くしろ」

ライラは顔を綻ばせ、お茶の支度に取りかかる。スヴェンは書類に意識を戻した。

誰かがそばにいるのは不快でしかなかったし、ずっと避けてきた。なのに今は、ライラの気配がすぐそこにあって、お茶を淹れようとせわしく動いている。それを許したのは他でもない自分自身だ。

慣れとでもいうのか、彼女の存在が自然と馴染む。お茶のいい香りが部屋の中を漂うまで、スヴェンは自分の作業に没頭した。

「スヴェン」

ふと声をかけられ、顔を上げると、机の端にティーカップが遠慮がちに置かれた。

「どうぞ」

銀の細工がされている白のカップには、透明感のある琥珀色の液体が注がれている。

普段飲む紅茶よりも鮮やかな印象だ。薬草的な香りがするが、鼻につくものでもない。

「なにが入っているんだ」

「それは飲んで当ててみて」

いたずらっ子のような笑みをライラは浮かべる。追及しようか悩んだが、スヴェンはおとなしく自分の方へカップを寄せた。

彼が口をつけるのを、ライラは表情を硬くして見守る。まるで試験だ。

カップの中の液体を口に含めば、苦味よりも酸味を先に感じた。しかし、刺々しさはなくまろやかで飲みやすい。舌の上を滑り、じんわりと喉を潤していく。

スヴェンがひと口飲んだのを確認し、ライラは口を開く。

「どう?」

「悪くはない」

「美味しくない?」

「そうは言ってないだろ」

「じゃあ、美味しい?」

息つく間もなく尋ねてくるライラに、スヴェンは押し黙る。なにをそこまでムキになっているのか。対するライラは否定されないのを肯定と受け取り、ようやくホッとした表情を見せた。

「そっか。よかった」

「まずいものでも飲ませる気だったのか?」

「まさか！ でもスヴェンが受けつける味か不安だったから」

目を細めて答える。スヴェンはさらにカップに口をつけようとした。ところが、ここでライラが予想もしない態度を取った。

「あ、待って。それ以上はストップ」

思わずスヴェンは目を見開き、怪訝な顔でライラを見た。すると彼女は視線を逸らし、ややあって渋々といった感じで白状しだす。

「……実はね、それ、シュラーフが入ってるの」

スヴェンは再度、カップの中の液体に注目する。あれはかなり独特の味がすると記憶しているが、まったく見抜けなかった。そんな彼にライラは種明かしをする。

「シュラーフ単体だと飲みづらいから、他の薬草と併せてみたの。薬草園のものだけだと限界があるから、合いそうなハーブとかと組み合わせてみて……」

ライラはこの城に来たときから、時間があれば薬草園にも足を運び、自分のできる範囲で植物の世話をしていた。

おかげで、荒れ放題だった内部はずいぶんとすっきりし、冬が近づいているので、ささやかだが花を咲かせたものもある。

ライラは、にこやかに説明を続ける。

「それからね、生で使うとどうしてもえぐみが出るから、乾燥させたものを試してみたの。配合や淹れ方をいろいろ変えて、ようやく飲んでもらえるものになったから」

そこでスヴェンは、ここ最近のライラの行動に納得がいった。

「お前が街に行って薬種店で買い物をしたかったのは、このためだったのか？」

だとしたら、とんだお人好しだ。もっと自分のために、なにか欲しいものがあるからだと思っていたのに。

スヴェンの問いかけにライラはしばし目を泳がせる。

「うーん。でも知り合いに会いたかったし。それにグナーデンハオスの様子も見てきたかったから……」

言葉尻を弱くして答えた。肯定も同然だ。

現に街から戻ってきた際、ライラはすぐマーシャに買ってきた薬草を見せて、シュラーフをブレンドしたお茶を作りたいと相談していた。

ライラとしては、自分が好きでしたことなので、大きなお世話だと捉えられるのも重々承知していた。恩着せがましくするつもりも、押しつけるつもりもない。ただ……。

「スヴェンに少しでも気に入ってもらえたら嬉しいなって。シュラーフを入れないレシピもあるから、嫌いじゃないならそっちに淹れ直すけど」

そう言って、カップを引き下げようとスヴェンの方に回り込む。まだ中身は残っているが、味見程度にと思っていたので十分だ。今、彼を眠くさせるわけにもいかない。

「もしよかったら、寝る前にまた飲んでもらえたら……」

椅子に座っているスヴェンの前に手を伸ばす。ところがカップに触れる寸前、ライラの腕は急に捕らえられた。相手は言うまでもない。

まだ飲むつもりだろうかと思ってスヴェンを確認すれば、感情を顔には乗せず、まっすぐにこちらを見ていた。

そしてそのまま腕を引かれ、なぜか唇が重ねられる。

「……え？」

状況に頭がついていかず、ライラの頭は混乱した。唇にかすかに感じた温もりはなんだったのか。思いも寄らぬ出来事に、脳が事態を正常に認識しない。

対するスヴェンはライラの腕を離さず、端的に回答する。

「したくなった」

その言葉にライラの目は大きく見開かれ、続いて急になにかを考え込む。

「……そういう効果はないはずだけど？」

使用している薬草類は、安眠や精神安定をもたらす効能はあっても、媚薬《びやく》的《てき》な成分はないはずだ。

真面目に返したライラにスヴェンは虚を衝かれるも、すぐさま口角を上げた。

「なぜ言いきる？」

「だって」

説明しようとするライラの口をキスで塞ぐ。先ほどよりもはっきりと唇を重ねられ、彼女はすぐさま顔を離した。ところが頬に手を添えられ、また口づけられる。

キスは容赦なく続けられ、スヴェンは空いている方の腕をライラの腰に回し、距離を取ろうとするのを阻む。さらにライラを強引に引き寄せ、横抱きにする形で自分の膝の上に乗せた。

「ちょっ……ん」

なにか言う前に上を向かされ、キスで言葉は封じ込められる。こうなるとどうしてもライラの方が分が悪い。

心臓が激しく打ちつけ、慣れない唇の感触に目眩《めまい》を起こしそうだ。

なんとかしなくては、と抵抗しようにもうまくいかない。息継ぎのタイミングもわからず、呼吸もままならない状況だ。精悍《せいかん》な顔がすぐそこにあって、触れてくる手は大きくて温かい。

流されそうな自分が怖くなる。

ふと唇が離れ、ライラの滲んだ視界に相手が映る。相変わらずなにを考えているのか表情からは読めない。

濡れた唇で言葉を紡ごうと息を大きく吸ったところで、先に男の方が動いた。腕の中のライラを強く抱きしめると、耳元で低く囁いて彼女の名前を呼ぶ。

「ライラ」

その流れで耳たぶに口づけられ、ライラの体が震えた。スヴェンの唇は彼女の輪郭をなぞっていき、白い首筋に添えられる。そして薄い皮膚を軽く吸い上げられ、ライラは反射的に声をあげた。

「ま、待って。お水をっ」

そこでスヴェンの動きが止まる。狼狽えっぱなしのライラの首元に顔をうずめたまま、彼は静かに肩を震わせ始めた。

意味がわからない。顔を上げたスヴェンは意地悪くライラに告げる。

「お前は本当に騙《だま》されやすいな」

一瞬でライラの頭は真っ白になる。ほどなくしてスヴェンが自分を謀ったのだと理解し、顔を歪めた。

「……ひ、ひどい」

スヴェンから目を逸らす。呼吸の乱れが今になって激しさを増していく。激しく脈打ち、体も熱い。涙腺が緩むのを必死に我慢した。

「びっくりした。私、とんでもないものを作っちゃったって」

責める口調で訴える。ライラ自身何度も試飲したし、マーシャにも飲んでもらった。ただし男性に飲ませたのはスヴェンが初めてだ。

それゆえに、媚薬成分がないとは確信が持てなかった。こんな行動を取られ、さらにはスヴェンのあの言い回しだ。

複雑な感情が渦巻いて、今の自分の気持ちがなんなのか、はっきりさせられない。安心したのか、悲しいのか、怒っているのか。もうぐちゃぐちゃだ。

スヴェンはライラの声色に、さすがにからかいすぎたと自覚する。なだめようと彼女の頭に手を置こうとしたが、すぐに振りはらわれた。

「やだ！　スヴェンなんて嫌い。大っ嫌い！」

まるで子どもの言い草。しかし思った以上にスヴェンはライラの言葉に動揺した。

沈黙がふたりを包む。

ライラは大きく肩を揺らすと、自分の手をそっと口元に持っていった。

「なにも、こんな手の込んだからかい方をしなくても……」

「そのつもりはない」

ひとりごとで呟いた結論は、瞬時に否定された。ライラはおずおずと首を動かして、スヴェンを仰ぎ見る。

「なら、なんで？」

「言っただろ。したくなったんだ」

答えになっていない気がして、さらに尋ねようとした。だがそれは、スヴェンがライラを抱きしめたことで阻まれる。

（ずるい。いつも人の気持ちを掻き乱してばかりで、スヴェン自身はなにも教えてくれない）

けれど聞く勇気もない。答えを聞いたところで、自分たちの関係は所詮、仮初めのものだ。

逞しい腕が回され、厚い胸板にもたれかかっていると、体格差もよくわかる。こうしているとスヴェンはやっぱり大人の男性で、変に意識すると心臓が再び暴れだしそうだった。

ライラはわざとらしく違う話題を振ってみる。

「これ、エルンスト元帥やセシリアさんにも振る舞ってもいいかな？」

「なんだ？　俺で試したのか？」

その反応に顔を上げて抗議する。

「違うよ。スヴェンに一番に飲んでほしかったの！」

思わず至近距離で視線が交わり、とっさにスヴェンの胸に顔をくっつけた。

「試行錯誤して、やっとこの味を出せたの。マーシャに美味しいお茶の淹れ方を教わって、何度も淹れる練習もして……」

そこで、スヴェンが気にしていた件をようやく釈明する。

「エリオットに聞いていたのは、ハーブのアドバイスをもらっていたの。彼も孤児院にいた頃、薬草の世話を一緒にしていたから」

スヴェンに隠してまで、こうして行動したのは自己満足かもしれない。

でも、スヴェンがひと口でも飲んでくれたら、美味しいと思ってくれたら……彼の役に立ちたかった。

「それでここ最近、寝つきがよかったのか」

「うん。自分で試すしかなかったから。スヴェンの部屋に行く前にね。おかげで効果は実証済みだよ」

「で、今も眠くなっているわけか」

図星を指され、わずかに反応した。実はスヴェンに淹れる前、最後に念のため、と自分にも淹れて飲んでいたのだ。

無事にスヴェンに飲んでもらえて、気が抜けたのもある。睡魔は確実にライラの元を訪れていた。

「部屋で休んでくる。邪魔してごめんね」

自分の用事は済んだので、さっさとここを後にしなくては。体勢も体勢だ。ところがスヴェンはライラに回している腕の力をより強めた。

「このままでいいから、少し寝てろ」

「で、でも」

思わぬ提案にライラはあたふたとする。どう考えてもこの姿勢はスヴェンに不自由を強いるだけだ。彼はぶっきらぼうに続ける。

「寒いだろ」

「……この部屋、暖かくない？」

今日は比較的、日差しが部屋の中に降り注ぎ、明るさと暖かさをもたらしている。

　スヴェンはなにも答えず、ライラの頭をそっと自分の胸に寄せた。伝わってくる体温と心音に、彼女はこれ以上拒むのをやめる。

「スヴェン」

　代わりに名前を呼び、伝えたい気持ちを言葉にした。

「さっき、嫌いって言ってごめんね。あなたには本当に感謝してもしきれないのに。私――」

「謝らなくていい。俺も悪かった」

　遮って声がかぶせられ、ライラは目を細める。

「うん」

「なにがおかしい？」

　自然と漏れた笑みに、スヴェンは目敏く気づいて尋ねた。

「これって夫婦喧嘩《げんか》なのかな？」

　ライラは口元を緩め、楽しそうに答える。そして瞳を静かに閉じた。

「無事に仲直りできてよかった」

　スヴェンからの返事はないが、頭に手のひらの感触があり、優しく髪を撫でられる。

（スヴェンの方がよっぽど温かい）

ライラの意識は遠のいていく。

しばらくして部屋にやってきたマーシャが見たのは、目を疑う光景だった。

部屋の主であるスヴェンはいつも通り机に向かい、難しい顔で本を読んでいる。そんな彼の腕の中ではライラが胸にもたれかかり、規則正しい寝息をたてていた。

マーシャの存在でスヴェンはライラに声をかける。その起こし方もずいぶんと優しい。目をこすりながらこちらを見るライラに、マーシャは思わず笑顔を向けた。

数日後、スヴェンはライラと共に久しぶりに薬草園に足を運んだ。部下のひとりがずっと片頭痛に悩まされていると、なにげなく彼女に話を振ったのが発端だ。それを聞いたライラは『おすすめの薬草があるの！』と目を輝かせて説明を始めた。

しかし実物がないまま話を聞いてもしょうがない。会話の流れから実際に見に行くことになり、仕事の合間にこうしてやってきたというわけだ。

ライラとしては忙しいスヴェンを付き合わせるのも申し訳なく、いくつか自分が見繕ってくると申し出たのだが、薬草園を見ておきたいのもあると言われ、強くは断らなかった。

いつの間にか、スヴェンと共にいる時間がライラには心地よくなっていて、一緒に過ごせるのならそれはそれで嬉しかった。彼がそばにいるので、マーシャにはこの間、休憩してもらっている。

白くおぼろげな空の色は冬独特だ。久々に訪れると、スヴェンの想像以上に薬草園の内部は整備されていた。ライラと初めてここに来たときは荒れているイメージしかなかったのに、余計な葉も落ちておらず、枯れた植物も整理され、季節柄すっきりとした印象だ。

「だいぶ綺麗になったな」

「うん。ちょっとずつだけど頑張ってみたの。復活した植物もいくつかあるよ」

先導して中に入り、ライラはお目当ての植物を探す。彼女の背丈ほどあり、細かく枝分かれしている木には、ほんのり紫に色づいた白っぽい花が控えめに花を咲かせていた。

「頭痛に効くおすすめはこれ。花弁が柔らかくて生食できるから、洗って細かくしたらそのまま食べて。あまり味もないから摂取しやすいよ」

丁寧に花を摘み、ライラは持ってきた籠に入れていく。スヴェンは緩やかに彼女に近づいた。

するとライラは、ふと隣に視線を移した。スヴェンもつられてそちらを見れば、葉が少なく薄い緑色で、花も咲いていない植物が目に入る。

「これ、グリュックっていってね、厳しい冬を耐え抜いて花を咲かすの。無事に咲くといいんだけど……」

どうしてかライラの口ぶりは寂しそうで、スヴェンはおもむろに声をかけようとした。だが彼女が先にぽつりと呟く。

「……見られないの、残念だな」

スヴェンは思わずライラの横顔を見つめた。彼女の目線は、まだ咲いていないグリュックに向けられたままだ。

どうしてか、と問う必要もない。この結婚はライラの左目が本来の色に戻るまでの期間限定のもので、そのときはもう間もなく訪れる。少なくとも春まではかからない。

改めて意識させられ、スヴェンはなんとも言えない気持ちになった。すると不意にライラが小さくくしゃみをする。今日は意外と風が強い。

スヴェンは軽く息を吐き、いつもの口ぶりで話しかける。

「どうやら風邪に効く薬草も必要になりそうだな」

「そんなことないよ。気をつける」

あたふたと返し、ライラは気を引きしめる。

用事は済んだので、ここは後にしようとライラが提案し、ふたりは薬草園を出る。

思えばスヴェンは仕事中だ。迎冬会の準備もあって忙しい。

足早に城内に入ろうとしたライラだが、突然強風が吹き荒れた。中庭の木々や葉を鳴らし、存在を主張する冷たい風に、ライラはとっさに身を縮める。反射的に髪を押さえて左目を隠した。

続いて、風がやんだと感じると同時に、温もりに包まれる。

「体を冷やすな。本当に風邪をひくぞ」

スヴェンがライラを庇い、腕の中に閉じ込めると、耳元で囁いた。状況を理解し、ライラは平静さを失う。

「あ、ありがとう。でも、あの、誰かに見られたら……」

ここは外で、城の者や夜警団の人間も通りかかる。下手に注目されるのは避けるべきだ。ところが逆にスヴェンはライラを力強く抱きしめた。

「かまわない。ベタ惚れして結婚を望んだ相手と一緒になれたんだ。これくらい、いいだろ」

そういえば、そんな話だったと思い出す。表向きには、この結婚はスヴェンが熱望して成立したのだ、と。おかげで、左目を悪くしているなどの事情を抱えた自分が相手としてここにいられる。実際の関係とは真逆だ。

沈んでいく気持ちに比例し、ライラはうつむき気味になる。するとスヴェンは彼女の顎に手をかけ、強引に上を向かせた。すぐそばにスヴェンの整った顔があり、口角を上げたまま、彼の唇が動く。

「なんなら、見せつけてやるか？」

ライラの頭は真っ白になる。続けて心の奥底が膿《う》んだみたいにじわじわと痛みだし、やがて腑に落ちた。

スヴェンが自分に触れるのは、キスも含め、公表している事実と辻褄《つじつま》を合わせるためなのかもしれない。ライラは嘘が苦手だと自覚しているし、奥さんらしく振る舞うと言ったものの、実際はどうすればいいのかあまりよくわかっていない。

理由がはっきりして、今度は自分の抱く感情が理解できない。なにこんなに傷ついているのか。

「ライラ？」

反応がないライラを不審に思い、スヴェンが名を呼びかけた。彼女は眉尻を下げ、おずおずとスヴェンと目を合わせる。

「いいよ。……その方がスヴェンにとって都合がいいなら」

拒否する権利はライラにない。スヴェンは思いがけない彼女の返答に目を見開く。

そして、互いの息遣いを感じるほどに近かったふたりの距離は離れた。

スヴェンがライラの頭を優しく撫でる。

「やめておく。可愛い妻を見せびらかすのは悪趣味だな」

スヴェンの言葉にライラは顔を上げた。すると唇ではなく、彼女の額に口づけが落とされた。思わぬ不意打ちに、ライラはようやく顔に狼狽《ろうばい》の色を見せる。

スヴェンは意地悪く微笑んだ。

「そういうのは、ふたりきりのときでいいだろ」

さっきまであんなに落ちていたライラの気持ちが、あっさりと浮上する。まったく、単純すぎて嫌になる。きっと自分が彼の心を揺らすことはほとんどないのに。

でも、嫌じゃない。

とりあえずマーシャの待つ部屋に戻るようスヴェンから促され、ライラは頷く。なにげなくスヴェンが彼女の肩を抱いたが、今度はライラも素直に受け入れた。

迎冬会を間近に控えたある日の午後、ライラはルディガーとセシリアの元を訪れていた。ちょうどふたり揃って部屋にいるとスヴェンから聞いて、やってきたのだ。

スヴェンも含めアルノー夜警団の団員たちは、ここ最近、迎冬会の準備のために、ずっと忙しくしている。

外部からの出入りも多く、現場の警備などは他の団員が当たっているが、アードラーとして要人の警護や重要な招待客との打ち合わせに同席したり、国王に連れ添ったりする機会も多い。

通常の事務仕事も山ほどあるが、ほんのひとときの休息だ。ルディガーに勧められ、ライラも共に来客用のテーブルを囲んでお茶をいただく。

出したのはもちろん、シュラーフなしのレシピの方だ。

「飲みやすいし、いいね、これ」

お茶をひと口飲み、すぐさまルディガーがそつなく褒めた。

「ホッとする味ですね」

セシリアも味わってから素直な感想を漏らした。

「おふたりにも気に入っていただけてよかったです」

ライラも笑顔になり、ソーサーにカップを戻す。そのタイミングでルディガーがやや身を乗り出し、保護者ばりに尋ねてくる。

「どう？　あいつとの生活はうまくいってる？　なにか困ってはいないかい？」

どちらかといえば、スヴェンの友人として気にしているのか。ライラはルディガーの心配を吹き飛ばす笑顔で答える。

「お気遣い、ありがとうございます。でもスヴェンにはすごくよくしてもらっていますよ」

「ライラはもっとワガママでもいいんだぞ。あいつ、口数も少ないし、なにを考えているのかわからないことが多いだろ」

その言葉に、心に引っかかっていたものを思い出す。固まっているライラにルディガーは首を傾げた。

そこでセシリアが用事で席を外す旨を伝える。ルディガーとライラに挨拶し、セシリアが部屋を出ていった後、ライラは居住まいを正した。

「あの、エルンスト元帥」

真剣な面持ちに、ルディガーも身がまえる。しかし次にライラの口から飛び出した内容は、あまりにも予想だにしていなかった衝撃的なものだった。

「男の人って、どういうときに口づけをしたくなるんでしょうか？」

ルディガーは思わずカップを落としそうになる。大きく目を見開き、濃褐色の虹彩が揺れ、ふたりの間にはしばし沈黙が流れた。

ライラの質問はかなり突拍子もなく曖昧だが、どうして彼女がこんな内容を聞いてきたのか見当がつかないほど、ルディガーも鈍い男ではない。

そして先に反応したのはライラだ。改めて自分の放った質問を振り返り、時間差で動揺が走る。

「す、すみません、変なことを聞いて。今のはなしにしてください。忘れてください」

「え、いや、ちょっと待って。ライラ、一応確認するけど、君とスヴェンとの仲はどうなってるの？」

「どう？」

「まさかあいつと寝てないよね？」

セシリアがいたら、間違いなく瞬時にたしなめたに違いない。ルディガー自身も混乱して、かなりあけすけな言い方をしてしまった。

一方、ライラはルディガーの迫力に気圧される。

「駄目、でしょうか？」

「駄目というか、なんというか……」

ルディガーは苦々しい表情を浮かべた。相思相愛なら別に問題ないし、これ以上は親友のこととはいえ聞くべきではない。

しかしライラの次の発言で、自分の考えが間違っていたのだと気づかされる。

「ジュディスさんの代わりに、私が温めようと思ったんです。眠れないのと寒さを紛らわすのをアルコールに頼るのはよくないですから、シュラーフ入りのお茶を調合してみたり。一緒に寝るのもその延長で……」

「ジュディスの代わり？」

素っ頓狂な声をあげるルディガーに、ライラは素直に頷く。

「はい。ジュディスさんが『温めてあげる』って言っていたので。よく眠れるお酒を出してあげるって意味じゃないんですか？」

ライラの目に曇りはなく、大真面目だ。酒場で働いているとの情報も合わさり、なにも疑っていない。ルディガーは口元に手を添え、しばし考えを巡らせる。そこにセシリアが戻ってきた。

「ライラ」

ルディガーの顔には笑みが浮かんでいる。いつもの爽やかなものではなく、なにか裏がありそうな怪しさを含んでいた。

「いいことをひとつ教えてあげよう」

続けて彼から告げられた言葉に、ライラは顔を真っ赤にしてから泣きだしそうな表情になり、セシリアは綺麗な顔を歪め、不快感を露わにした。

マーシャに付き添われ、ライラが自室に戻っていった後、部屋にはルディガーとセシリアのふたりになった。そのときを待ってセシリアが口を開く。

「なぜ、彼女にあんなことを言ったんですか？」

「理解できない？」

微笑を浮かべ尋ね返すルディガーに、セシリアは眉根を寄せた。

「意図までは。あなたが身内絡みだと、火種を見つけたら水ではなく薪を放り込むタイプなのは存じ上げていますが」

仰々しい言い方にルディガーは苦笑する。

「うまいたとえをしてくれるね」

セシリアは笑えない。一度瞳を閉じて、息と共に言葉を吐き出す。

「どうなっても知りませんよ」

「ま、なるようになるさ。それに、燻るくらいなら、いっそ派手に燃えた方がいいときもあるだろ。一回荒れてみればいい」

ルディガーの言い方は、いささか挑発的だった。セシリアは目を伏せ気味にしてライラに同情する。

「彼女には気の毒な話ですね」

「しょうがない。俺はどちらかといえばスヴェンの味方だしね」

呆れた面持ちで上官を見つめる。するとルディガーは軽くウインクを投げかけた。

「もちろん、一番はセシリアだよ」

ルディガーの言葉をさらっと流し、セシリアは先ほどのライラを思い出す。意気消沈して、迎えに来たマーシャと共に部屋に戻っていった姿は痛々しかった。

「……本当に、男の人って勝手です」

ぽつりと呟いた言葉は、隣の上官には届かない。セシリアは頭を切り替え、仕事の話をルディガーに振った。

スヴェンが異変に気づいたのは、部屋に入ってすぐだった。

ここ最近のライラは、ソファに腰かけ、お茶の準備でもしながらスヴェンの帰りを待つか、先にベッドに入って休んでいるかが定番だったのに、今はどちらにもその姿がない。

今日はルディガーたちにお茶を振る舞うと張り切っていたので、てっきり部屋に戻れば一目散に寄ってきて、目を輝かせてその報告をしてくるのだろうとスヴェンは予想していた。

目線を散らし、彼女を別の場所で見つける。

ライラは部屋には来ていたが、珍しくデュシェーズ・ブリゼで横になっていた。正確には丸まっているとでもいうのか。頭からシーツをかぶり、その姿はよく見えない。眠っているふうでもなく、部屋が耐えられないほど寒いわけでもない。明らかに様子がおかしいのを感じ、スヴェンはおもむろに近づいた。

「どうした？」

スヴェンに声をかけられ、ライラの体がびくりと動く。彼女はのろのろと身を起こしたものの、シーツを頭からかぶった状態で、足を乗り上げて座り込んでいる。うつむいているのもあって顔は見えないが、胸元でシーツを押さえる手に力が込められた。

「ライラ？」

名前を呼び、ぎこちなく頭のシーツを払うと、栗色の長い髪がさらりと落ちる。ライラはスヴェンの顔を見ずに、声を震わせて言葉を発する。

「あの、私……スヴェンに謝りたくて」

「謝る?」

訝しげな顔でライラを見下ろす。彼女がなにを言おうとしているのかまったく予測もつかない。

ライラは一度大きく息を吸い込み、声を振り絞ろうと喉に力を込めた。

「ジュディスさんと……スヴェンの、こと。エルンスト元帥から聞いたの。私、勝手にいろいろ勘違いしちゃって……」

スヴェンは大きく目を見開き、まさかの話題に息を呑んだ。

ライラは、頭の中で何度もリフレインしているルディガーの言葉を噛みしめる。

『温めるっていうのはそういう話じゃない。男女の睦事を指すのさ』

ここまで直接的な言われ方をしてわからないほど、ライラも子どもじゃない。けれど衝撃が大きすぎて、うまく受け止められなかった。

誰が、誰と、なんの話なのか。からかわれたのかと思いたかった。しかし冷静に考えれば考えるほど、符合していく。

スヴェンは自分よりもずっと大人の男性で、そういった関係の女性がいてもおかしくない。ましてやジュディスはすごく綺麗で艶っぽかった。

甘い香りを漂わせ、顔も、体も、雰囲気も男性が好みそうな女性だ。ライラとはなにもかも正反対だった。

比べる必要はまったくない。自分と彼女はスヴェンにとって、きっと立場も距離も全然違う。

納得して、想像して、胸が切られる痛みに襲われた。どうしてか涙が溢れそうになるのを懸命に堪える。

理由がはっきりしない感情に支配されるのが嫌で、でも確実に自分が傷ついているのはわかった。

続けて自分の取った行動を振り返ると、ライラの顔色は青から赤に変わる。

『今日は私が温めてあげる。とりあえず、ベッドに先に入って温めておいたの！　よかったら使って』

得意げに告げた自分の提案を思い出して、叫びそうになった。見当違いもいいところだ。

（私、馬鹿みたい）

スヴェンに笑われた理由を、あのときは突きつめなかった。それを自分なりに結論づけると、答えはひとつしか見つからない。

（きっと呆れられたんだ）

無下にされなかったのは、スヴェンの優しさなのか、あえて否定して本当のことを話すほどでもないと判断されたのか。どっちみち空回っていたのは間違いない。

（私の一方的な勘違いに、ずっと付き合わせていたんだ）

ライラは顔が上げられないまま、スヴェンに弱々しく尋ねる。

「ジュディスさんとは……恋人なの？」

「そんなのじゃない」

瞬時に否定されたうえ、あまりにもはっきりした口調に、逆に動揺する。

「なら、スヴェンは……」

『好きでもない人と』と言おうとして言葉を止めた。自分たちの関係も似たようなものだ。

好き合っている者同士でもないのに、同じベッドで寝て、スヴェンはライラに戯れに口づける。それらをライラも受け入れていた。すべては結婚しているという理由だけで。

スヴェンにとって、ライラが思うほど、一緒に寝るのもキスをするのも特別なものじゃないと突きつけられた気がした。周りの目もあったからだ。

スヴェンは先ほどからなにも言わず、沈黙が重く肩にのしかかる。彼が今なにを考えているのか想像もできないが、ライラはスヴェンに言わなければと決めていたことがあった。

一度唇をきつく噛みしめ、声にしていく。

「あの……私たち、結婚はしているけど、事情があってで、しかもずっとの話じゃないし。だから、私を気にせず……彼女に会いに行って、いいから、ね」

ジュディスのやり方では、自分はけっして彼を温められない。彼女の代わりにはなれない。なら、ライラとしてはこう言うしかできなかった。

結婚しているからといって操を立ててもらう必要もないし、煩わしいとも思われたくない。なのに、スヴェンに向けての発言が突き刺さって自分に返ってくる。

ずっと口を閉ざしていたスヴェンが、ここに来ておもむろに唇を動かす。

「……今は、お前がいるのにか？」

反射的にライラは顔を上げた。ここで彼女は、部屋に来て初めてスヴェンの顔を瞳に映す。

整った顔を歪め、その表情は怒っているというよりつらそうだ。ライラはスヴェンの言葉の意味を必死に咀嚼《そしゃく》した。

結婚を公表しているから難しい話なのかもしれない。でもジュディスはスヴェンが結婚したのを知ったうえで、『気が向いたら』と誘ってきた。

ライラは違う角度から考える。

スヴェンはライラの護衛のために結婚して、共に夜を過ごし、こうしてそばにいる。だからライラが許可したところで、別の問題が発生するのに気づいた。

「えっと……エルンスト元帥もセシリアさんも忙しいなら……」

もし彼がジュディスに会いに行くなら、その間のライラの身はどうするのか。そういう趣意だと捉えた。

マーシャは駄目だ。ただでさえ日中、ずっとそばにいてもらっている。

どうすればいいのか。どうしてスヴェンとジュディスが会うために、こんなにも懸命に案を巡らせないとならないのか。

本当は考えたくもない。けれどそれ以上に、スヴェンの迷惑には、足枷にはなりたくない。

夜を共に過ごしてくれる人物。ライラが思いつくのは、もう残すところひとりしかいない。

「エリオットにお願いして、そばに――」

彼の名前をライラが口にした瞬間、スヴェンは反射的に彼女の肩を掴み、背もたれに押しつけた。

「ふざけるな！　そんな簡単に代わりが利くなら、なんのために結婚したんだ！」

今までにない激しい剣幕を見せられ、ライラは大きく目を見開いたまま固まる。

時を止める静寂。そして瞬きひとつしない左右で異なる色の瞳が揺れ、大粒の涙がとめどなくこぼれだした。

その姿にスヴェンは声を呑む。驚いたのは当の本人もだった。泣いていると自覚した刹那、ライラは慌てて下を向く。

涙を止めようと深く息を吸うが、うまくいかない。こんなふうに衝動的に泣くのはいつ以来なのか。

目に力を入れようとするも、涙は重力に従って勢いを増すばかりだ。雨粒のように降って手元を濡らしていく。感情が抑えきれない。

「ごめ、ん、なさ……ごめっ……」

苦しくて、許しを乞うかのごとくライラは謝罪の言葉を口にする。

スヴェンの役に立ちたいと思っていた。事情があってでも、時間が限られているとしても、そばにいる間、少しでも必要としてもらえたら嬉しい。

(私、間違ってた)

それ以前に自分の存在が、国王陛下の命令とはいえ自分と結婚してしまったことが、彼を縛っているのだと痛感する。

早く泣きやまないと、と気だけ焦るが、一度決壊した涙腺のコントロールは不可能だ。そちらに気を取られていると、不意に正面からスヴェンに抱きしめられた。

回された腕は痛いほど力強く、スヴェンの顔を確認するどころか息さえできない。

ややあって彼の声が耳元で響く。

「違う、違うんだ。お前は悪くない」

いつになく必死さをはらむ声色なのが、余計にライラの胸を詰まらせる。

『お前が悪いわけじゃない』

(……スヴェンはいつもそう言ってくれる)

スヴェンの優しさが今は痛い。この瞳のおかげで、散々自分を嫌いそうになった。

それでも、自分の存在がここまで嫌になるのは初めてだ。

(早く、早くこの瞳の色が消えてしまえばいい。そうすれば彼を自由にできるのに)

スヴェンはなにも言わずに、ただライラを抱きしめる。部屋には声にならない嗚咽だけがいつまでも響いていた。

迎冬会を明日に控え、今日は一段と忙しい。早朝からルディガーは部屋でセシリアと段取りを確認していた。そろそろ彼がやってくるはずだ。

「さーて、セシリア。どうやら俺の骨を拾う日がついに来たようだぞ」

机を挟んでひと通りの説明を終えた副官に対し、ルディガーはおどけて言ってのけた。ルディガーが椅子に座り、セシリアは立っているので、彼女は上官を見下ろす形になる。

「拾いませんよ。団員同士の私闘は厳禁ですし、ましてやアードラー同士なんて前代未聞です」

「冷たいなー。俺がどうなってもいいのか？」

「まさか。あなたがそこまで考えなしじゃないのはちゃんとわかっていますから」

その言葉にルディガーが目を見開く。代わりにセシリアは微笑んだ。

「もちろんバルシュハイト元帥においてもです。私は席を外しますね。いない方がいいでしょう」

「どこへ行くんだい？」

ルディガーの問いかけに、セシリアは間を置かずに答える。

「彼女のところです。誰かがフォローする必要があるでしょうから」

「そこまで気を回すとは、さすがは俺の副官」

「では、ご健闘をお祈りします」

心配など微塵もしていない面持ちで、セシリアは部屋を出ていこうとする。

「セシリア」

しかしドアを開けようとしたところで呼び止められ、再び上官に足を向けた。

「もしも俺とスヴェンが、本当に本気でやり合ったらどうする？」

仮定の問いかけに、目をぱちくりとさせる。そして眉尻を下げた。

「わざわざ聞きます？」

「そりゃ、もう。ぜひ聞きたいね。命令してでも」

一度ルディガーから視線を逸らし、しばらくしてから観念して息を吐く。再度彼としっかりと目を合わせ、口を開く。

「……あなたのために命を懸けますよ。私はあなたのものですから」

照れもなく、まるで宣誓だった。そのまま彼女は部屋を出ていく。ひとりになった部屋でルディガーは机に項垂れた。前髪を掻き、口元には笑みが浮かんでいる。

「あー、まったく。スヴェンもいい仕事をしてくれる」

それから間もなく、ドアが乱暴に開く音が響いた。木製のドアが揺れて軋む。敵の襲撃でも起こったかのような前触れのなさと勢いだが、予想はしていた事態だ。

「おはよう、スヴェン」

わざとらしく笑顔で声をかけたが、気迫に満ちた相手には届いていない。足を動かし、大股で近づいてくる。そしてバンッ！という力強い音で机が鳴り、空気が震えた。

「なぜあいつに余計なことを言った？」

「余計なこと？」

「とぼけるな」

スヴェンは今にも剣を抜きそうな熾烈《しれつ》さでルディガーに突っかかる。一睡もしていないのもあって、すごみも半端ない。

ルディガーは斜めに目線を逸らし、ふっと笑った。その笑みはいつもの温厚なものではなく、冷笑に近い。

「彼女が大きな勘違いをしていたから、気を利かせたんだ。無理して合わせていたんだろ」

ルディガーの切り返しに、スヴェンは眉をつり上げる。部下が見れば裸足《はだし》で逃げる形相だ。ルディガーはまったく臆せず、指を組んで下からスヴェンを見据えた。

「本当のことを言うのが面倒だったのか？　お前こそなにやってんだよ。中途半端に手を出すなら相手を選べ」

きっぱりと言いきるルディガーは、スヴェンに反論の余地を与えずに先を続ける。

「それともなにか？　どうせライラとの関係は最初から終わりが見えているからって、適当に相手して付き合ってやっているのか？」

彼の言い方はかなり挑発的だ。

「違う！」

反射的にスヴェンが声をあげた。込められている感情には苦しさが交じっている。前髪をくしゃりと掻き上げ、苦虫を噛みつぶしたような顔になる。

「そんなのじゃない」

ルディガーに言い放つ一方で、スヴェン自身も珍しく先走る感情に、ついていけていない。自分らしくないのも自覚している。

ジュディスの件をライラに言わなかったのは、面倒だとか、言う必要がないとか、そういう話じゃない。ただ言いたくなかった。どうしてか、ライラには知られたくなかった。

別に彼女には関係ない。自分がどんな人間か、異性とどういう関係を築こうが、今さら取り繕うつもりもない。

けれど、ライラとの関係がどこか心地よくて、それを壊す真似はしたくなかった。

この結婚生活自体、泡沫《うたかた》なものなのに、自分はなにを求めているのか。

明確にできず燻る感情を、ライラ本人やルディガーにぶつけてもどうしようもない。

残るのは自己嫌悪だけだ。

戸惑いを隠せないでいるスヴェンに対し、ルディガーが大きく息を吐いた。

とりあえず応接用の椅子に座るよう促し、スヴェンはおとなしく従う。大きめのソファに乱暴に腰を落とすと、机を挟んで真向かいにルディガーも座った。今度は対等な体勢で目線を合わす。

「ひどい顔だな。お前のそんな姿、久しぶりに見るよ」

親友を亡くしたとき以来になるのか。あれからスヴェンは無愛想なうえ、冷厳冷徹さを貫いて、さらに他人を寄せつけなくなった。

逆にルディガーはいつも愛想よくする分、けっして内面に踏み込ませたりせずに、うまく他人をかわしてきた。

とはいえ、いつも、いつまでも変わらずにいなくてもいい。自分たちは物ではない。生きている限り、誰だって変わっていく可能性を秘めている。

「ま、溜め込んでもしょうがないだろ。スヴェンは意外と他人の心の機微については敏いくせに、自分のことはからっきしだしな」

『誰のせいで……』と、いつもなら冷たくなにかを返すところだ。だがこのときのスヴェンは、なにも言わず眉をひそめただけだった。

ライラは肩を落として、もう今日だけで何度目かわからないため息をついた。ベッドの端に座ってうつむくと、長い髪が顔を隠す。

朝、部屋を訪れたマーシャも、あからさまにいつもと違うライラをかなり心配した。顔色もよくなく、朝食もろくにとれない状態で、体調が悪いのではと気遣った。しかしライラが言葉を濁し、口数も少なかったので、マーシャは心配しつつも詳しい事情は聞かなかった。

迎冬会を間近に控え、城への人の出入りはさらに激しくなる。この間、念のためライラは基本的に部屋にいるようにとのお達しだ。厩舎にも薬草園にも足を運べない。軟禁にも似た状況だが、そもそも城に身を置く自分は匿われている存在だ。スヴェンとの結婚生活で、わずかな自由を与えられてはいた。ただ、多くの条件つきだったと思い直す。彼との結婚自体もだ。

ぎゅっと膝で握り拳を作り、さまざまな思いを噛みしめていると、突然部屋にノック音が響いたので、ライラの肩が震えた。

マーシャが対応に出向いたが、ややあってライラの前に姿を現したのは予想外の人物だった。

「セシリアさん」

「突然、すみません」

細い金の髪は綺麗にまとめ上げられ、赤と黒の団服をきっちりと着こなしたセシリアが、申し訳なさげな表情でライラを窺う。

「マーシャには席を外していただいて、少しだけふたりでお話ししたいんです。かまいませんか？」

「は、はい」

反射的に答えたものの、ライラは緊張気味だ。慌ててベッドから腰を上げる。その後、マーシャはお茶の準備をしてから静かに部屋を出ていった。

セシリアには客人用のテーブルに着いてもらい、すっかり慣れた手つきでライラはカップにお茶を注ぐ。セシリアはお礼を告げて、ライラが正面に着席するのを待ち、おもむろに切り出す。

「大丈夫ですか？」

「え？」

自分の顔色はそこまでひどいのかと思ったが、続けられた言葉にライラは凍りつく。

「昨日、エルンスト元帥が余計な話をしてしまって……」

「余計だなんて、とんでもないです！」

ライラは瞬時に声をあげて否定した。カップの表面が揺れ、冷静さを取り戻すと、声の調子を整えてから、やや早口で続ける。

「むしろ、本当のことを教えていただけてよかったです。私、勝手に勘違いしたままスヴェンを付き合わせて、迷惑をかけ続けてしまうところでしたから……」

「迷惑だって、バルシュハイト元帥がおっしゃったんですか？」

セシリアの指摘に、とっさに言葉を詰まらせた。そして間を置いてから、なんとか声を振り絞る。

「言っては、ない、です。でも、スヴェンは優しいから……」

目線を落とし、ぽつぽつと語りだす。

「……私、陛下をはじめ、セシリアさんやエルンスト元帥、マーシャはもちろんですが、スヴェンには一番感謝しているんです。だから、彼のために私にできることならなんでもしたい。そう思っていました」

ライラは言葉を切る。波打つ心を静めようと、唇を強く噛みしめた。

「あなたがバルシュハイト元帥のためになんでもしたいと思うのは、陛下の命令で結婚しているという後ろめたさからなんですか？」

セシリアに静かに問われ、ライラに動揺が走った。後ろめたい気持ちが、まったくないわけではない。ただ、ここ最近スヴェンといるときは、そこまで深く考えていなかった。どうしてなのか。

「わかり、ません。でも純粋に、スヴェンには幸せになってほしいんです。彼が少しでも笑うと嬉しくて……」

セシリアはなにも言わず、ライラの話に耳を傾け、聞く姿勢を取る。ライラは自分の奥底にしまっておいた本音を、こわごわと告白する。

「なのに、自分から言っておいて、スヴェンが私を置いてジュディスさんに会いに行くんだって想像したら、胸が苦しくて、痛くて……涙が出そうになるんです」

声にしただけで目の奥が熱くなり、服の裾を強く握った。

（矛盾してる。スヴェンのためを思うなら、彼の意思を最優先すべきなのに）

こんなにも激しく自分を揺さぶる感情を、ライラは知らない。邪魔になるこの気持ちを相手に悟られるのが怖くて、どうすればいいのか自分でもわからない。

「伝えてみればいいと思いますよ。バルシュハイト元帥に直接。あなたがこういう気持ちになるんだって」

小さくも澄んだ声は、ざわつくライラの心に、すっと入ってきた。ゆるゆると顔を上げると、セシリアが穏やかな表情でこちらを見ている。

「そして、聞いてみればいいんです。彼の気持ちを。あれこれ思い巡らせても、心の中は本人にしかわかりませんから。知りたいんでしょ？」

理路整然とした話し方は、迷走していたライラの思考と感情を徐々に落ち着かせていく。ライラはぎこちなくも頷いた。

「はい」

（スヴェンはなにを考えているんだろう。どういう気持ちでいるの？）

『気になるなら聞けばいい。答えるかどうかは俺が決める』

『俺は自分の意思ははっきりと口にする。あれこれ考えて気を回すのは無駄骨だ。結婚したならそれくらいは理解しておけ』

スヴェンの言葉が蘇り、ライラは切なくも思い出した。こうして落ち込んでいるだけでは事態は変わらない。改めて彼に向き合わなければ。

昨日は伝えられた事実が衝撃的すぎて、自分の気持ちにまで気が回らなかった。相手の気持ちにも。

（私たち、まだ夫婦だから……聞いても、伝えてもいいんだよね？）

「私、ちゃんとスヴェンと話してみます」

「それがいいと思いますよ」

「ありがとうございます、セシリアさん」

決心が固まり、仕事が忙しい中わざわざここまで足を運んだセシリアに、改めて感謝を告げた。セシリアは柔らかく微笑む。

「いいえ。では、お茶をいただきますね」

内心、セシリアはライラが羨ましかった。今はいろいろあってすれ違っていたとしても、スヴェンはいい意味でも悪い意味でもストレートで、わかりやすい男だ。自分の上官もフォローしているだろうし、このふたりはあまり心配しなくてもいいだろう。

先ほどライラに言い聞かせた言葉を、自分にも浴びせてみる。しかし、いつも自分のそばにいるのは無駄に愛想よく、はぐらかすのだけは人一倍得意な男だ。

余計な思考に沈みそうになり、すぐに振りはらった。そこでふと、ライラから声がかかる。

「すみません。冷めちゃいましたね」

「ですが味は十分に美味しいですよ」

共にカップに口をつけ、お茶を味わう。ぬるくなった液体に、ふたりはつい笑みをこぼした。

「なるほど。愛しの奥さんに、自分は他の男と共に夜を過ごすから別の女に会ってくればいい……なんて言われたお前には多少同情してやるが、そこはしょうがないだろ」

ルディガーが憐れみを含んだ目を向けて乱暴に総括したので、スヴェンは思わず眉間の皺を深くする。

躊躇いつつも、昨晩のライラとのやり取りをルディガーに語っていた。懺悔《ざんげ》にも似た告白。珍しくスヴェンにとっても、ひとりで抱え込むには持て余す状況だった。

そして、どこまで本気で言っているのか計り知れないルディガーの言葉を受け、ぶっきらぼうに返す。

「わかっている。あいつはなにも間違っていない。勝手にこちらの感情をぶつけて傷つけたんだ」

初めて見たライラの泣き顔に、スヴェンは動揺が隠せなかった。はっきりと脳裏に焼きついて、頭から離れない。

　異なる色の瞳をこれでもかというくらい大きく見開いて、目尻から玉のような涙がぼろぼろとこぼれ落ちていった。すぐにうつむいたのは、それを見られたくなかったからだろう。

『私、ね。こんな目でしょ。泣いたらいつも以上に珍しがられたり、からかわれたりしたの。瞳と同じく涙の色も左右で違うんじゃないかって。おかげで泣くのが怖かった。我慢してた』

　なのに泣かせた。自分があんな顔をさせた。

　自己嫌悪で腸が煮えくり返りそうになる。気の利いた言葉ひとつかけてやれない。なにをすれば、どう言えば彼女は泣きやんだのか。泣かせずに済んだのか。

　ただライラが泣き疲れて眠るまで、ずっと抱きしめていただけだった。

「お前のために彼女は必死なんだよ」

　ルディガーがライラの気持ちを汲《く》んで弁護するが、スヴェンの顔は険しいままだ。

「……だが、俺じゃなくても、たとえばお前と結婚したとしても、あいつはきっと同じ態度で結婚生活を送っていただろうな」

　ライラが自分のために一生懸命になるのは、国王陛下の命令でとはいえ、結婚したからだ。感謝と後ろめたさを感じて行動しているだけ。

それを目の当たりにして感情が抑えられなかった。割り切っている方がありがたいと思っていたのに、どうしてこんなにも腹立たしいのか。

「だったら、なんだよ？　別のやつに譲ればよかったのか？　実際に今、彼女と結婚しているのは他の誰でもないお前自身だろ」

投げやりに言い捨てたスヴェンに、ルディガーが鋭く切り込んだ。

「どちらも第三者の存在に振り回されて、自分の気持ちを置き去りにしすぎなんだよ」

ルディガーは勢いよくソファの背もたれに体を預け、姿勢を崩した。

「お前は俺みたいになるな。ましてや一緒にいられる期間が決まっているなら、なおさらだ。本心を確かめられないまま居心地のいい関係を築いても、自分のものにはならないぞ」

ルディガーは自分を重ねて、スヴェンに忠告する。スヴェンが自分とは違うからこそだ。

「後は本人同士でなんとかしろ。俺が言えるのはここまでだ」

宙に放った言葉の後に、部屋には沈黙が降りる。そしてどちらからともなく立ち上がった。迎冬会も近く、今日もこなさなくてはならない案件がたくさんある。

ドアへと歩を進めるスヴェンに、ルディガーがふと声をかける。

「スヴェン、俺はお前が少し羨ましいんだ。どんな形であれ、そうやって自分の感情を素直に相手に出せて、相手からも出してもらえるのは」

どことなく物悲しさが漂う口ぶりだった。スヴェンはフォローというより、自分の思うところを正直に告げる。

「……お前に大事にされてるのは、本人だって自覚してるだろ」

「そうだな。スヴェンに伝わっているくらいだし」

軽口を叩くルディガーを見やり、スヴェンは今度こそ踵を返して部屋を出ようとした。その寸前、不本意そうにルディガーに言葉を投げる。

「この借りはまたどこかで返す」

事を大きくしたのはルディガー本人だが、悪気があってライラと自分との関係に口を挟んだわけではないのはわかっている。とはいえ、いささか乱暴なやり方であったとは思うが。

「いや、その必要はない。俺は返しただけだ。だから、これで帳消しだな」

ルディガーの切り返しに、思わず振り返って彼を見た。ルディガーは、いつもの人のいい笑みを浮かべている。

「ライラとの結婚。お前から名乗り出たことだよ」

「そう思うなら、お前もそろそろ動いてみたらどうだ」

ルディガーの返事は待たずして、スヴェンはさっさと部屋から去っていった。ルディガーは声には出さず心の中で呟く。

(驚いてるんだよ、これでも。他人にまるで興味ないって態度だったお前が、そこまで誰かに執着を見せるのを)

これがいい変化だと結論づけるのはまだ早いのかもしれないが。

ひとりごちているルディガーの元に、スヴェンと入れ替わりで、セシリアが戻ってきた。

「やあ。おかえりシリー」

「ご無事でなによりです」

なにげなくプライベート仕様で呼んだものの、セシリアは顔色ひとつ変えない。ルディガーはやれやれと内心で肩をすくめ、先にセシリアからの報告を聞く姿勢を取った。

向ける刃の先

「いくらか、ご気分が晴れたみたいですね」

部屋に戻ってきたマーシャは、顔色が幾分よくなっているライラを見て安心した。

ライラは朝からの態度を詫びる。

「マーシャ。そのっ、心配をかけてごめんなさい。でも、私は大丈夫だよ」

お茶の器具を片づけるマーシャは淡々とした口調で返す。

「なにがあったかまでは聞きませんが、いざとなれば、この私がスヴェンさまにガツンと言って差し上げますから」

「え？」

突然スヴェンの名前がマーシャから挙がり、ライラは目を丸くした。マーシャは手を止めずに続ける。

「ライラさまがそんな顔をする原因など、他に思い当たりません」

「スヴェンが悪いわけじゃ……」

「だいたい男女間での揉め事は、男が悪いものです」

紋切り口調のマーシャにライラは苦笑する。同時に、マーシャの気遣いは十分すぎるほど伝わった。セシリアに話を聞いてもらったときと同じで、心が温かくなる。

「ありがとう、マーシャ。でも、スヴェンとはちゃんと話をするから平気だよ」

それを聞き、マーシャはつり上げていた眉と目尻をわずかに下げた。

「なら、いいんです。迎冬会も近く、スヴェンさまもお忙しいでしょうが、きちんとお話しされてくださいね。ご夫婦なんですから」

ライラは迷いなく首を縦に振った。


それからマーシャと迎冬会について話したり、何冊か暇潰しに持ってきてもらった本で読書にふけったりして、ライラは部屋の中で過ごした。

そして昼どきを過ぎた頃、前触れなく部屋にノック音が響き、読みかけの本を反射的に閉じた。自分が出るわけにもいかず、マーシャが来客の対応に向かう。

誰だろうか。ライラは心の中で予想しては、すぐに打ち消す。誰かが部屋に入ってくる気配はなく、ややあってマーシャがあるものを抱えて戻ってきた。

手には小ぶりの花束を持っている。とても目立つ色合いだ。形はユリの花弁に似ているが、ふた回りほど小さい。

色はピンクに近い赤。胸をざわつかせる色で強烈なインパクトだ。おかげでライラはどこかで見覚えがあった。

「どなたからの贈り物でしょうか？　ドアの前に置かれていたので、忘れ物というわけではなさそうですが。それにしても、枯れかかっている花とは失礼ですね」

（……枯れかかっている？）

「待って、マーシャ！」

マーシャの言葉にライラはとっさに声をあげた。マーシャは花を確かめようと花束に顔を寄せている。

そしてライラの方を見ようとした瞬間、マーシャの顔が真っ青になり、その場に膝を崩して倒れ込んだ。

「マーシャ！」

そばに寄れば、マーシャは荒い息を繰り返して首に手を持っていき、もがく仕草をしている。

ライラははっきりと思い出した。この花は『ディスプヌー』という名で、別名『赤の窒息』と呼ばれているものだ。

香りには神経を麻痺《まひ》させる効果があり、ひとつふたつではたいしたことはないし、薬草としても用いられる。しかし花がしおれ、枯れかかっている際にいくつかまとめて香りを嗅ぐと、呼吸困難に陥る事例もあった。

栽培するのが難しく、孤児院で育てた経験はないが、ディルクに話を聞き、実物を見せてもらったのを思い出した。

ライラは慌ててドアへと寄る。

「すみません！　誰か、誰かいませんか⁉」

切羽詰まった声でドアの向こうへ呼びかけるも反応はない。倒れているマーシャを再び見た。苦しそうに荒い呼吸を繰り返している。

ひとりで部屋から出るな、と言われている。自分の立場もわかっている。

（でも……）

部屋の外に飛び出した。改めて左目を髪で隠し、スヴェンの部屋の方へ足を向ける。迎冬会の準備をしているのでいないかもしれないが、あれこれ考えてもしょうがない。歩調を速め、走りだそうとしたときだった。突然、背後から腕を引かれ、まったく予期していなかった事態にライラの心臓は跳ね上がる。

後ろから抱きしめられ、口元になにか布が当てられる。抵抗しようにも、回された腕の力が強く、甘くて魅惑的な香りが鼻を掠め、脳に届く。

（な、に？　誰？　マーシャが……スヴェン）

視界がぼやけ、次第に意識が遠のいていく。体の力が抜け、ライラの思考は深い闇に沈んだ。

寒さと硬さを全身で受け、ライラはおもむろに目を開けた。薬で無理やり意識を飛ばされたようで、すっきりな目覚めとはいかない。意識も朦朧《もうろう》としている。

それでも体に力を入れ、よろよろと身を起こせば、頭が鉛みたいに重たく、思わず苦悶《くもん》の表情を浮かべた。

手は後ろでひとまとめに縄で縛られており、自由が利かない。

（ここは、どこなの？）

恐怖に支配されそうになるのを抑え込み、必死に頭を回転させる。剥き出しの石畳はひんやりとした空気を伝え、部屋と呼ぶより物置に近い狭さだ。閉塞感に息が詰まりそうになる。

ライラの下には、高価そうな絨毯が敷かれている。色彩豊かで繊細な模様と、ふかふかの触り心地は、なにかの動物の毛皮か。この部屋とのアンバランスさに、自分と共に持ち込まれたものだと推測する。

窓と呼ぶには心許ない小さな穴から、わずかに光が差し込む。部屋の中は暗いが、まだ日は沈んでいないのが窺えた。立ち上がって窓を覗き込もうとしたライラだが、不意に部屋のドアが開かれた。

驚きで肩をすくめていると、ある人物が顔を出す。

「やあ。お目覚めかな？」

にこやかな笑顔は、初めて会ったときと変わらない。しかし今は状況が状況だ。

「あなた……」

ライラは大きく目を見開いた。現れたのはユルゲン・フルヒトザーム。スヴェンの母方の従兄で、ライラとの面識は一度きりの男だ。

「ちょうど今、迎冬会のため多くの業者が荷物を抱え、貴族たちも城に出入りをしています。その隙につけ込んで、意識を失ったあなたを絨毯にくるみ、僕が信用できる者にここまで連れてこさせたんですよ」

種明かしに感心するつもりもない。それよりも先にライラは意識を失う前の出来事を思い出し、声をあげる。

「マーシャは⁉」

「心配しなくても、あれはあなたが嗅ぐ可能性も考慮していたので、数時間もすれば呼吸も正常に戻りますよ」

安心していいのか。彼を信じてもいいのか。どっちみちライラはマーシャが心配でならない。ユルゲンはライラを見下ろし、わずかに眉尻を下げた。

「このような粗末な部屋に申し訳ない。もう少し辛抱してもらえるとありがたいのですが」

「どうしてこんな真似を？」

ユルゲンの調子は軽やかだが、ライラは警戒心を露わにして尋ねた。ユルゲンは静かに微笑んだままライラの元へ歩み寄ると、そっと膝を折り、視線を合わせる。

ライラは距離を取りたくて下がろうとするが、すぐ後ろは壁だ。背中に気を取られていると、不意にユルゲンの手がライラに伸ばされ、左目を隠している前髪を掻き上げた。

「やっ」

反射的にライラは顔を背け、目をつむる。ユルゲンは満足げに口角を上げた。

「片眼異色！　しかも黄金色とは！　やっぱりあなたはフューリエンだったんですね」

ユルゲンの声に興奮が交じって一段と大きくなる。ライラは目いっぱい顔を背け、彼から視線を逸らすことしかできない。

「おかしいと思ったんだ。スヴェンが結婚なんて。ましてや孤児院出身で身分も後ろ盾もなにもない、あなたみたいな女性と」

ユルゲンの発言に、わずかに眉をひそめた。彼の勢いは止まらない。

「あなたについて調べさせてもらったんです。半信半疑でしたが、本当にフューリエンとは。でもこれで納得だ、スヴェンが結婚したのも。そりゃ誰も近づけたくないはずだ」

ライラは肯定も否定もせず、震える声で小さく尋ねる。

「……あなたの目的は、なんなんですか？」

ライラの問いにユルゲンは妖しく笑う。

「端的に言います。スヴェンと別れて僕と結婚してほしいんです」

あまりにも想定外の発言に、ライラの思考は停止した。ユルゲンは再び早口で捲《まく》し立てていく。

「彼はもう十分だ。実力も地位も申し分ない。そのうえフューリエンまでそばにおいて、これ以上なにを望むんだ」

苛立ちを含んだ言い方だった。ユルゲンをじっと見つめると、彼はライラと目を合わせ、唇で弧を描く。皮肉めいた表情だ。

「僕はね、母親にずっと彼と比べられて生きてきたんです。ありとあらゆる面でね。僕は体も弱く、幼い頃は外で走ることさえできなかった。その間に彼は剣の腕を磨き、今ではアードラーだ」

そこでライラは悟る。ユルゲンが欲しがっているのは、ライラ自身でもフューリエンでもない。スヴェンと結婚している存在を自分のものにしたいだけだ、と。ユルゲンは長年蓄積されたスヴェンへの嫉妬にも似た劣等感に対し、スヴェンからなにかを奪い取ることで溜飲《りゅういん》を下げようとしている。

「それであなたは本当に満足なんですか？」

ライラが険しい顔で尋ねるが、ユルゲンは笑ったままだ。グレーの瞳が細められる。

「ええ。彼自身がどう思うのかは二の次だ。あなたと結婚すれば、少なくとも周りから見れば僕はあのアードラーのものを奪い、得た存在になる。それがフューリエンなら、さらに鼻が高い」

そこでユルゲンの顔から、ふっと笑みが消え去った。不意に頬に手を伸ばしてきたので、ライラは抵抗しようと身をすくめる。

けれどユルゲンは強引にライラに触れて、目線を合わせた。

「スヴェンよりも僕の方が、あなたを必要としているんです。大事にしますし、ずっと愛して差し上げますよ」

言い終わって、力強くライラを抱きしめた。一瞬で彼女の体に嫌悪感が這《は》い上がり、体を縮める。

「は、なして」

抵抗したくても、腕が縛られているので、されるがままだ。ユルゲンはライラの耳元で囁いて言い聞かせる。

「説得は僕の家でじっくりしましょうか。書類などはどうにでもなりますし。もう少しここで我慢していてくださいね」

ライラの額に口づける。彼女は目を伏せ、なにも言わない。

ユルゲンが部屋から出ていき、重い錠のかかる音が部屋に響いた。ライラはふらりと静かに倒れ込む。

(私、どうなるの？　彼に連れ去られてしまったら……)

想像しては動悸《どうき》が激しくなり、不安の波が押し寄せてくる。そもそも自分がいなくなったことさえ、まだ誰も気づいていないかもしれない。

スヴェンたちも迎冬会の準備で忙しいだろう。マーシャは目が覚めただろうか。大丈夫だろうか。

あれこれ考え、ライラの思考はパニックに陥りそうだった。

（どうしよう。どうしたらいいの？）

結婚など本気だろうか。触れられただけで背筋が粟《あわ》立《だ》ち、不快感しかなかった。もしもこのままさらわれてしまったら、と想像する。

ユルゲンも書類などどうにでもなると言っていた。実際に今、自分がしている結婚も書類上のものだ。

（スヴェンはどう思うのかな。うまく説明されて、私が自分の従兄と結婚するってなったら……納得する？　肩の荷が下りたってホッとする？　スヴェンは……）

スヴェンの顔が頭をよぎり、ライラの涙腺が緩みそうになった。

（会いたい。まだ話したいことが、聞きたいことがあるのに）

切なくて胸も痛む。じわじわと溺れていくみたいに息が苦しい。その理由がライラにはようやく理解できた。

（私、スヴェンが好きなんだ）

無愛想で冷たくて……でもいつも、なにげなくライラの背中を押してくれる。飾り気のない言葉がまっすぐに響いて、瞳の色も関係なく、フューリエンだって特別扱いもしない。

彼といるときだけは、ライラは自分の境遇や立場などを忘れられた。触れられるのを自然と受け入れられる。幸せだと思える時間を久しぶりに与えられた。

『フューリエンとか瞳の色とか関係なく、私自身を見て好きになってくれる人を探すの。私ね、誰かの特別になりたい！』

自分で彼に告げた発言を思い出し、今になって心の中で訂正する。

（誰か、じゃ駄目なの。あなたじゃないと。私、スヴェンの特別になりたかったんだ）

だから一生懸命になれた。

ひと筋の涙が目尻から滑り、ライラは勢いよく身を起こして、気を取り直した。

（落ち着け。しっかりしろ）

まずは呼吸を整え、頭を切り替える。そして袖口に潜ませていた小さな短剣の存在を思い出した。

手首を必死に動かし、なんとか手中に収める。縄で縛られている箇所が動かすたびにこすれて痛むが、必死に刃を縄に当てた。

その間も、冷静な思考で状況を把握していく。

ユルゲンが『説得は僕の家で』と言っていたのを考えると、きっとここはまだ城の中だ。ドアが閉まった後、しばらく彼の足音が響いていた。

おそらく階段を下りていったのだろう。とすれば高い位置だ。ここは城の尖塔にある部屋のひとつなのかもしれない。

まだ望みはある。手の痺れを感じ、ライラの額にはじんわりと汗が滲んでいた。でも休む暇はない。

手首も指先も、肩さえ痛むが、諦めずに刃を懸命に動かし続けた。そして、ざっと刃切れのいい音がしたかと思えば、ライラの手首は解放された。

ゆっくりと立ち上がると、縄がはらりと落ちる。安堵の息を漏らし、ライラは手首をほぐす。続いて、脱出の方法を考えた。叫ぶのは無謀そうだし、ユルゲンに気づかれても困る。

窓はライラの腕ひとつが通るほどの小ささだ。窓から伸びる影が長く、日が傾いているのがわかる。動くなら明るいうちだ。

『いいか。使う必要がないのを願うが、どうしても自分の身に危険が迫ったら迷わなくていい。ただし自分を傷つける真似はするなよ』

スヴェンの言葉が蘇る。この短剣を使えば、いくらかは相手の隙を作れるだろうか。ユルゲンに鋭い剣先を向ける想像をして、ライラは身震いした。

柄をぎゅっと握り、鏡のごとく研ぎ澄まされた刃を見つめる。

　そのとき、ドアが音をたてたので、ライラは体を強張らせ、意識をそちらに集中させる。ややあってドアが開き、ユルゲンが顔を出した。ライラはとっさに壁に背を預けて、後ろ手に短剣を隠す。

「お待たせしました。手はずが整ったので、あなたにはもっと長くて深い眠りについてもらいましょう」

　ユルゲンはなにかを染み込ませた布を取り出し、妖しく笑う。そして一歩ライラに近づいた。

「あなたはフューリエンとして、自分の価値を自覚するべきだ。その髪ひと房で豪邸が建つんですよ」

　ライラは大きく目を見張る。さまざまな記憶と思いが交錯し、たどるように視線を落とした。しばらくして、不意に口を開く。

「……いらないんです。そういうの」

　小さく呟かれた言葉をはっきりと聞き取れず、ユルゲンは顔をしかめた。

　ライラは後ろ手に持っていた短剣を前に持ってくる。彼女が刃物を所持しているとは思っていなかったユルゲンに、動揺が走った。

　ライラは顔を上げ、まっすぐにユルゲンを見つめる。その瞳にもう迷いはない。

短剣を持った右手を振り上げると、続けて彼女が刃先を持っていったのは、目の前の男に対してではなかった。

左手で自分の長い髪を束ね、頭と手の間に剣を滑らせる。すると、ザッザッとこすれる音と共にライラの栗色の髪は束となって、左手に収まった。

『他人に揺るがされない確たるものは、自分で得るしかないんだ』

(あの人が、教えてくれたから……)

続けてライラは、唯一の小さな窓に髪を持ったままの左手を伸ばし、奥に突き出す。指の力を抜いて手を離し、髪を外へと飛ばした。

「自分の価値は自分で作るの」

自身に対する宣誓だった。自由に放たれた髪は風に乗るものもあるが、いくらかは重力に従い、まとまって下へと落ちていく。

(誰か、誰か気づいて！　……スヴェン、私はここにいるの！)

「なんてことを！」

ユルゲンは顔面蒼白でライラに詰め寄ってきた。長かった彼女の髪は、今や肩先でざっくりした切り口が揺れている。

「とにかく、その剣を渡すんだ」

「嫌！　私はあなたのものにはならない」

狭い部屋の中で、壁に沿ってライラはユルゲンから逃げる。

「抵抗しても無駄ですよ」

ライラは壁伝いに、部屋の中を行ったり来たりするばかりだ。勝敗の見えている鬼ごっこに、ユルゲンは特に慌てる様子でもない。

むしろ面白がってライラを追いつめ、一定の距離を保ちながら後を追う。それをどれくらい続けたのか。

「いい加減、疲れたでしょう。そろそろ終わりにしましょう」

ユルゲンが一歩踏み出し、ライラとの距離をさらに縮めたときだった。彼女は突然、背をつけていた壁から前へ飛び出す。

ユルゲンがドアから離れるタイミングをずっと見計らっていて、このときを待っていたのだ。

部屋の中に入ってきた際、ユルゲンは鍵をかける素振りを見せなかった。不意を突いて彼の横をすり抜け、手を伸ばす。

ライラの予想通り、ドアは外からしか鍵をかけられず、木製の古びたそれが動いた。勢いよく押して、向こう側の空気がわずかな隙間から流れ込んだ瞬間、ライラは肩を掴まれ、力強く後ろに引かれた。ドアはむなしくも再び閉じる。

思わず体勢を崩し、冷たい床に投げ飛ばされる。力の限りの衝撃を受け、痛みに顔をしかめる間もなく、ユルゲンが上に覆いかぶさってきた。

ライラの細い腕を掴み、右手の短剣を取り上げようとする。

「離して！」

「まったく。手荒な真似はしたくないんですが」

いくらユルゲンが細身とはいえ、男女の体格と力の差は歴然だった。ライラは必死で抵抗するも、ほとんど意味をなさない。

ライラの両腕を、あっさりとユルゲンは片手で締め上げた。縄で縛られていた箇所が無遠慮に扱われ、ライラはさらに悲鳴をあげる。

馬乗りされる形になり、必死で身をよじって足をばたつかせた。

「おとなしく眠っていてくださいね」

ユルゲンは空いている方の手に布を持ち、ゆっくりとライラの顔に近づけてきた。彼女は恐怖で顔を引きつらせつつも、首を動かして拒否する。

「嫌っ、やめて！」

しかし確実に、ユルゲンの手は自分に伸びてくる。最後は思わず目を閉じて、息を止めた。

（スヴェン……）

そのとき、なにかが壊れる乱暴な音が空気を震わせ、狭い部屋に響く。勢いよくドアが開いたとライラが認識する前に、鈍い音がして、上に乗っていた重みが消えた。

突然の出来事に目を開けると、徐々に闇が支配しつつある部屋の入口に、男がふたり立っているのが視界に入る。

「スヴェン。こんな狭いところで剣は抜くなよ」

「抜くほどでもないだろ」

赤と黒の見慣れた団服。聞き慣れた声。スヴェンとルディガーが共に険しい顔をしている。

スヴェンはすぐさまライラの元に寄り、膝を折ると彼女を窺い、労わる力加減で抱き起こした。

「大丈夫か？　怪我は？」

矢継ぎ早に質問されたが、ライラは呆然とするばかりだ。今、なにが起こっているのか実感が湧かず、混乱で声も出ない。

「ライラ」

名前を呼ばれ、夢ではないと悟る。余裕のない表情のスヴェンを見つめ、静かにかぶりを振った。不安から安堵へと気持ちが一気に塗り替わっていく。

スヴェンは自分のマントをライラにかけると立ち上がり、壁を背にしてへたり込んでいるユルゲンに視線を移した。

スヴェンに蹴り上げられ、殴られたユルゲンは頬を押さえながらも、口元には笑みが浮かんでいた。

「やあ、スヴェン。思ったよりも早かったね。どうしてここが……？」

いつもの穏やかな調子で尋ねるが、スヴェンは冷徹さをたたえた瞳でユルゲンを見下ろす。

「花を残していったのは誤算だったな。あれはほとんど自生しない珍しいものだ。お前の家の庭で見た覚えがある。それに、城への出入りの者は管理しているんだ。お前が城から出ていないのはわかっていたからな」

スヴェンの説明に、ユルゲンは眉ひとつ動かさない。スヴェンはさらに補足する。

「そして、城の東側の尖塔に位置する部屋の鍵束がなくなったと、先に報告が上がっていた」

「なるほど。後は彼女の髪でも見つけた、というところか」

ユルゲンはあざけて吐き捨てた。スヴェンは冷たく尋ねる。

「自分がなにをしたのかわかっているのか？」

「ああ。わかっているさ」

ユルゲンは顔を上げ、スヴェンを見据えた。灰色の虹彩には内に秘めた激情が灯る。

「殴るなり切るなり好きにすればいい。アードラーが痴情のもつれで内輪揉めなんて傑作じゃないか。ましてや相手はフューリエンだ。いい醜聞になる」

スヴェンは片眉を上げたが、なにも言わない。ユルゲンは血の滲んだ口の端をわずかに上げた。

「なんでも持っているお前に、なにもかも劣っている……なにもない僕の気持ちは、一生わからないさ」

投げやりなユルゲンの姿に、ライラの胸がじりじりと痛む。同情でも憐れみでもない。この感覚には覚えがあった。

「あのっ」

たまらなくなり、ライラは思わず声を発した。おかげでその場にいる全員の注目を集める。一瞬たじろいだライラだが、ゆっくりと立ち上がり、口を開く。

「私、フューリエンと言われていますが、本当は特別な力などなにもなくて……スヴェンが私と結婚したのも事情があってで、彼が望んだことじゃないんです」

さすがにスヴェンが口を挟もうとしたが、その前にライラは早口で、ユルゲンに向かって勢いよく続ける。

「ごめんなさい。私はあなたのものにはなれないし、結婚もできません。でも……どんな理由でも初めてお会いしたとき、気さくに話しかけてくださって嬉しかったです」

思わぬ話題を振られ、ユルゲンは目を見開いた。ライラはぎこちなくも彼に笑ってみせる。

「いつか、お誘いくださった庭園を見せてくださいね。ディスプヌーは育てるのが難しい花ですから……きっと丁寧にお世話されているんですね」

そこまで言うと、ライラとユルゲンの間にスヴェンが割って入った。静かにライラの肩を抱いて、自分の方に寄せる。

「お前が俺をどう思おうが、なにをしようがかまわない。ただ、こいつに手を出すなら容赦しない。俺のものなんだ。次はない、覚えておけ」

言いきってから、ルディガーに目配せする。

「ルディガー、後は任せた」

「了解。とりあえず彼女を安全な場所へ」

ドアのところで待機していたルディガーが、軽く背を浮かして答えた。自分の役目はここからだ。

スヴェンはライラの膝下に手を滑らせ、彼女を抱き上げた。突然の浮遊感に、ライラの頭も心も揺さぶられる。

「スヴェン、下ろして！　ひとりで歩けるってば」

「いいから、おとなしくしてろ」

さっさと部屋を後にすると、スヴェンは薄暗い階段をゆっくりと下っていく。思ったよりも高さがあり、薄寒い空気はライラの興奮を引かせる。

だんだんライラは冷静さを取り戻し、ずっと気になっていたことをスヴェンにぶつけた。

「マーシャは⁉」

「無事だ。今は部屋で休んでいる」

「そっ、か……」

気が抜けてホッとしたのと同時に、体の筋肉が弛緩《しかん》する。ライラは無意識にスヴェンにしがみついた。

「私がいなくなったのに、気づいていないと思った」

ひとりごとのつもりで呟いた言葉には、律儀に返事がある。

「一度、部屋に様子を見に行ったんだ。マーシャが倒れていて驚いたが、その時点で意識もあった。ただ、お前がいなくなっていたから……」

「スヴェン、そういう勘はやっぱりすごいね」

ライラは苦笑する。スヴェンとこうしてなにげないやり取りを交わすのが、ものすごく久しぶりに思えて、さまざまな感情が入り乱れそうになる。

それを必死で落ち着かせ、部屋に着くまで、スヴェンの肩口に顔をうずめたままなにも言わなかった。

連れてこられたのはスヴェンの部屋だった。そっと下ろされ、足元に力を入れてからライラは深呼吸する。

「本当にあいつには、なにもされていないか？」

厳しい声色で問われ、慌てて首を横に振る。

「だ、大丈夫。この髪も自分で切ったの。なんとか気づいてほしくて」

自分で脱出するのが無理なら、見つけてもらうしかない。ライラなりに自分の存在を示そうと考えた末の苦肉の策だった。

不揃いな髪先を、ぎゅっと握る。スヴェンは複雑そうな表情でライラを見た。

「正直、助かった。おおよその場所の見当はついていたが確信はなかったし、しらみ潰しに探すには時間もなかった。そんなとき、外を警備する者から報告を受けたんだ」

「……ごめんなさい」

責められたわけでもないのに、ライラは謝罪の言葉を口にした。明日は迎冬会で彼は忙しいはずだ。しかし、それを受けてスヴェンは顔を歪める。

「お前は、なにも悪くないだろ」

「でもっ」

目の奥が熱くなり、ライラはとっさにうつむく。いつも顔を覆って隠していた髪も今は心許ない。

「謝るのはこっちだ。守ってやれなくて悪かった」

軽く鼻をすすり、かぶりを振ってスヴェンの言葉を否定する。

「謝ら、ないで。私の方こそ、またスヴェンに迷惑を……」

「迷惑って思うな！」

厳しい物言いに声を呑んで、肩を震わせる。

身を縮めていると、次に感じたのは頬に触れる温もりだった。スヴェンがライラの頬に手を添え、真剣な表情で訴えかける。

「お前を守るために結婚したんだ。自分を責めなくていい。今回は俺に落ち度があった。……本当に、無事でよかった」

切なげに頬を撫でられ、ライラの瞳から涙がこぼれた。張りつめていたなにかが切れ、とめどなく目尻から溢れる透明な液体が頬を濡らしていく。

反射的に距離を取ろうとしたが、スヴェンが腕の中にライラを閉じ込めた。力強く抱きしめられ、息も心臓も止まりそうになる。

「こうしてたら見えないんだろ」

『だから私が隠してあげる。大丈夫、こうしてたら誰からも……私からも見えないよ』

いつか自分が彼に放った台詞が、こんな形で返ってくるとは思ってもみなかった。優しく頭を撫でられ、押し殺していた感情も涙と共に解放される。

「ふっ……うっ……こ、怖かった。私っ……」

嗚咽交じりでうまく声にならなかったが、今になり、恐怖がじわじわと毒となって体中を巡る。命の危険を感じたわけでも、直接危ない目に晒されたわけでもない。そう理解はしていても、震えが止まらない。

「もうなにも心配しなくていい。俺がいる」

スヴェンの穏やかで低い声が、耳を通して沁みていく。ライラが落ち着くまで、スヴェンは彼女を抱きしめたままでいた。

スヴェンがライラの部屋を訪れたのは、胸騒ぎを覚えたのも事実だが、昨夜の件も大きかった。

なにを話せばいいのか言葉も見つかっていない。気まずくなるだけかもしれないが、自分の中に立ち込める不透明なものが警鐘を鳴らして足を運ばせた。

結果、早々にマーシャを発見し、ライラがいないことに気づく事態になった。そのときの感情は、なんとも表現しづらい。

ただ、今こうしてライラが自分の腕の中にいる現実が驚くほどに気持ちを和らげる。彼女の護衛を任されたからという以前に、スヴェン自身が心底、安堵していた。

ややあってライラは軽く身じろぎし、深呼吸して目元を軽く指でこする。そのタイミングで、スヴェンは彼女の髪先に触れつつ口火を切った。

「それにしても、よく髪を切ろうと思いついたな」

感心というより申し訳なさそうな声色だ。ライラはぐっと喉の奥に力を入れた。

「スヴェンのおかげ……なの」

「俺？」

「うん」

明できない。

顔を上げないままライラは小さく頷く。どうスヴェンのおかげなのかは、うまく説明できない。ただ、ずっとライラの胸には彼の言葉があった。

ライラはゆるゆると顔を上げる。思ったよりもスヴェンの顔が近くにあり、驚くのと同時に安心できた。思わず本音が漏れる。

「スヴェンにどうしても会いたくて……スヴェンなら見つけてくれる気がしたから」

頼りない声と共に、止まっていた涙が再びこぼれ落ちた。スヴェンはライラの頬に触れ、そっと親指で涙を拭ってやる。

左右で異なる色の瞳を見られても、ライラは顔を背けなかった。そのままスヴェンから瞼に唇を寄せられ、目を閉じて静かに受け入れる。

淡い温もりは涙を止める魔法だった。目を開けて瞬きすると、スヴェンは渋い顔をしていた。

「そういえば、あいつになにを言われたんだ？　結婚とか言ってたのは……」

「あ、あれはね。スヴェンと別れて結婚してほしいって言われて」

思わぬ発言に、スヴェンはあからさまに不快感を露わにした。おかげでライラは慌ててフォローする。

「でも、彼が私を好きとかそういうのじゃないの。私がフューリエンで、スヴェンと結婚しているからって理由で……」

あたふたと、ユルゲンと交わしたやり取りを手短にスヴェンに説明する。ユルゲンがスヴェンに抱いていた劣等感交じりの思いも含めて。

「あまり彼を責めないでほしいの。私も無事だったし」

「お前な、自分の立場をわかっているのか？　なんであいつを庇うんだ」

叱責めいたスヴェンの言い分に、ライラは小さく反論する。

「庇っているわけじゃないけど、でも……あの人の気持ちも少しわかるから」

周りと比べて、勝手に卑屈になって、自分の価値が見えなくて苦しくなる。ライラには覚えのある感情だ。

ましてやスヴェンみたいな人間がそばにいて比較され続けていたら、ユルゲンにも多少は同情の余地がある。もちろん彼の行動は許されるべきものではないが。

スヴェンは不承不承口を開いた。

「……あいつは、昔から誰とでもすぐに打ち解けられた。今回の尖塔の鍵も、清掃で持っていた者から信用を得て借りたらしい。そんな性格で、花を育てるのもうまいから、貴族たちの間では御用達《ごようたし》の者も多く、それで財も築いている。どれも俺には真似できない」

「それ、本人にも伝えてあげてね」

ライラがスヴェンに詰め寄って告げると、スヴェンの眉間の皺が深くなった。

「お前、なにあいつに籠絡されているんだ」

「されてないよ……彼に触れられるのはすごく嫌だったし」

「は？」

スヴェンの反応にライラは我に返る。説得力を持たせようとして、つい口を滑らせたが、今のはどう考えても余計な情報だ。急いで捲し立てて補足する。

「って、そんな大げさなものじゃないの。髪に触れられたりとか、抱きしめられたりしただけで。キスも口にじゃなくて、おでこにだったし」

墓穴を掘っていくライラに、スヴェンが両肩を掴んで真剣な面持ちで尋ねる。

「他になにをされた？」

射貫くような眼差しに、ライラは息を呑んだ。それからわずかにかぶりを振って答える。

「……なにもないよ。余計な話をごめんなさい」

「余計じゃないだろ！」

スヴェンの勢いに身をすくめる。これ以上は心配をかけたくないのに、うまく立ち回れない自分が情けなくなる。

「わ、私は――」

言いかけて目を丸くした。不意にスヴェンが自分の額に口づけを落としてきたからだ。驚いて目線を上にすると、額を重ねた彼と至近距離で目が合う。

影になり、視界が暗くなるが、スヴェンの漆黒の瞳にまっすぐに見つめられ、言葉を失った。

この後の展開はいちいち確認するほどでもない。まとう空気や雰囲気で悟る。それができるほどには、ライラはスヴェンと共に過ごしてきた。

緩やかに顔を近づけられ、ぎこちなく目を閉じると、予想通り唇に温もりを感じた。触れるだけの穏やかなキスが幾度となく繰り返され、身を委ねていたライラだが、ふと顎を引いて口づけを中断させた。

驚いてじっと見つめてくるスヴェンから逃げて、うつむき気味になる。

「こ、こういうのはやっぱり、好き合ってる同士でした方が……」

「嫌か?」

消え入りそうな声で主張すると、間髪を入れずにスヴェンが珍しく不安げに尋ねてきた。ライラの心臓は早鐘を打ちだしていた。この状況にも、今から尋ねる質問内容に対しても。

「……スヴェンは、嫌じゃなかったら他の人ともするの？」

ライラの切り返しにスヴェンは目を見張る。ライラの頭にはジュディスの姿がよぎり、苦しさで唇を噛みしめた。

「しない」

ところが前触れなく降ってきた言葉に、ライラは思わず顔を上げた。すると、すかさず唇が重ねられる。

「お前こそ、嫌なら本気で抵抗しろ」

吐息を感じるほどの距離でぶっきらぼうに告げられ、ライラは顔を歪める。胸が詰まって声がなかなか出せない。

「っ、無理だよ」

上擦って発せられたライラの言葉に、スヴェンは眉を寄せる。しかし、続けられた内容には虚を衝かれた。

「だって、嫌じゃないから」

（だから、困るの）

心の中で思っただけで、そこまでは言えなかった。スヴェンが再びライラに口づけ、キスを再開させる。先ほどよりも強引で長く、ライラは戸惑いが隠せない。

触れ方や角度を変え、まるで大事なものを扱うかのような甘いキスに溺れていく。

右手は頬に、左手は腰に回されて逃げることもできない。

「ライラ」

口づけの合間に、彼の落ち着いた低い声で名前を呼ばれ、自然と涙腺が緩みそうになる。深い口づけを交わしているわけでもないのに、息もできず、脳にも酸素が足りない。くらくらして、濡れた唇が熱くてしょうがなかった。

名残惜しげに顔が離れ、ライラはおもむろに目を開ける。ところが、すぐに恥ずかしくなってスヴェンの胸に顔をうずめた。

スヴェンはライラの髪先に指を滑らせ、肩で息をするライラが落ち着くのを待ってやる。

「……スヴェンにとって、私はやっぱり〝物〟なの？」

ライラの意図が読めず、スヴェンは触れていた手を止めた。今の行為か、ユルゲンに放った言葉に対してか。

肯定も否定もできないでいると、ライラが視線を合わせてきた。そして彼女の唇が動く。

「私、あなたのものでいいから……ひとつだけスヴェンにお願いがあるの」

ライラの行動も発言も、いつも自分の予想の範疇《はんちゅう》を超えていく。今回もそうだ。

スヴェンが答える前にライラは先を続ける。

「昨日はいいって言ったけれど、やっぱり私と結婚している間は、ジュディスさんの……他の女の人のところには行かないでほしい」

打って変わって、ライラの声の調子は弱々しいものになる。

「私じゃ、代わりにはなれないけど……」

「ならなくていい。代わりになる必要なんてない」

ぎこちなく付け足した言葉は、瞬時に否定された。今度はスヴェンからライラにしっかり目を合わせる。

「今はお前と結婚してるんだ。他の女はいらない」

「……うん」

ありがたいような、申し訳ないような。でも嬉しくて、つい笑みがこぼれる。その顔を見て、スヴェンはライラを抱きしめた。

不意打ちに狼狽えるライラに、耳元で囁く。

「俺のものだって認めたなら、俺が満足するまで付き合ってくれるんだろ？」

意味をどう捉えていいのかわからず、ライラは混乱しながらも言い返す。

「で、でもそれを言うなら、結婚してるんだし、スヴェンだって私のものってことなんだよ？」

言ってからすぐに心の中で後悔する。結婚しているとはいえ、自分たちの立場は対等ではない。

「そうだな」

ところが、聞こえてきた言葉に耳を疑う。

目をぱちくりとさせてスヴェンを見れば、意外にも穏やかに微笑んでいた。その表情に、ライラの目の奥がじんわりと熱くなる。

目尻にキスされたのを皮切りに、宣言通りスヴェンの気が済むまで、ライラは彼からの口づけを受け入れた。


ふとライラが目を覚ますと、辺りは耳鳴りがするほど静かだった。薄明かりの中、徐々に焦点を定めていく。今は真夜中だった。

続けて、自分を包む温もりに気づき、ライラは目だけを動かす。回された腕は心地いい重たさをもたらしていた。

（スヴェンの寝顔、初めて見た）

そっと視界に捉えたのは、ライラを抱きしめて眠っているスヴェンの姿だった。鋭い眼光は瞼に隠れ、伏せられた長い睫毛《まつげ》が影を作っている。すっと伸びた鼻筋に、薄い唇。十分に整っている顔立ちだ。

寝息は静かで、熟睡しているのが伝わってきた。それでも敏い彼なら、ささいなことでも起きてしまう。ライラは息さえ止めそうな勢いで固まった。

彼から与えられたキスを思い出し、赤面する。唇に感触がありありと残っていて、言い知れない恥ずかしさに胸が詰まりそうだ。

スヴェンは唇だけではなく、瞼、額、頬と至るところにキスを落とし、ライラを手放さなかった。至近距離で幾度となく目が合うも、ライラは言葉を発せられず、スヴェンもなにも言わない。

ただ深い色を宿したスヴェンの瞳は、なにもかもを見透かしているみたいで、見つめられたライラは思いきって彼に自ら身を寄せてみた。求めるのが怖くて、どこかで拒絶されたらという思いもあったが、それはあっさりと杞憂に終わる。

スヴェンはライラに回していた腕の力を強めて、キスを続ける。単純に唇を重ねるだけではなく、緩急をつけた口づけに、ライラは次第に酔っていった。

無意識に『もっと』とライラが欲しがろうとしたときだった。スヴェンは緩やかに彼女を解放した。

気持ちを見抜かれたのかと不安になって、ライラがスヴェンを見ると、珍しく彼は困惑気味な表情を浮かべている。

『これ以上は毒だな』

どういう意味なのか尋ねようとするも、声が出なかった。とりあえず彼の気が済んだのだと納得する。

優しく頭を撫でられ、ライラは平静さを取り戻そうと努めた。

それからスヴェンはずっとライラのそばにいた。本当は迎冬会に向けて、しなくてはならない仕事もあるだろうに、『気にしなくてもいい』と一蹴し、ライラを優先するのを譲らなかった。

ライラとしては仕事もそうだが、スヴェンの体調も心配になる。眠れているならよかった。ホッと胸を撫で下ろす。

無造作な黒髪に触れたくなるのを、ぐっと我慢し、しばらくスヴェンの寝顔を堪能した。こんな貴重な機会、きっともう二度とない。

（私、スヴェンに自分の気持ちを伝えてもいいのかな？）

心の中で問いかけたので、返事は自分でするしかない。考えても答えは出せない。

どんな形であれ、誰かのものになってもいいと思えたのはスヴェンが初めてだ。

(とにかく、迎冬会が終わってからにしよう。ただでさえ、スヴェンの仕事を遅らせちゃったから)

結論を先延ばしにし、今は与えられる温もりに身を委ねる。

おそらく自分が目覚めたときには、彼の姿はない。それでも、こうして抱きしめてもらえているのがわかって、ライラの気持ちは温かくなる。

(ありがとう、スヴェン)

やはり声には出せなかったが、ライラは複雑な思いで微笑み、再び目を閉じた。

私だけの価値

「おはようございます、ライラさま」

いつもと変わらないマーシャの声が、どこか遠くの方で聞こえる。ところがそれはライラの思い過ごしで、実際はすぐそばのベッドの傍らで彼女はライラに呼びかけていた。

眠気が目を開けるのを阻む。そして今日は一段と寒いのが伝わってきた。無意識にベッドに潜りそうになったが、ライラは目を開けて、勢いよく身を起こす。

「マーシャ、無事⁉」

跳ね起きたライラに、マーシャはすまなそうな顔をする。

「昨日は本当に申し訳ありませんでした。私の軽はずみな行動のせいで、ライラさまを危険に晒してしまい……」

「マーシャは悪くないよ！　よかった、なにもなくて。本当に……」

ライラはベッドから下りて、マーシャとの距離を縮める。そんなライラにマーシャは困惑気味に微笑んだ。

「それは、こちらの台詞でございます……ライラさま?」

マーシャの声と表情が、急に緊迫したものになる。ライラは意味がわからず首を傾げた。

「その目は……」

続けて指摘された内容に、大きく目を見張る。心臓の音が一段大きくなり、激しく収縮し始めた。そして、おそるおそる左目を手で覆う。

見え方もいつもとなんら変わらない。違和感もなにもなかった。

にもかかわらず、まったく前触れもなく、その日は突然やってきた。

マーシャが慌てて鏡を用意し、ライラは自分の瞳を確認する。

ライラの金に輝く左目は、右目と同じ穏やかな緑色になっていた。片眼異色と称されていた形跡など微塵もない。

ライラは自分の身に起こっている現状が、にわかには信じられなかった。十八年間も異なる瞳の色と付き合ってきたのだ。それが、こんなあっさりと消えるなんて。

気が動転するライラをフォローし、マーシャは朝支度を整え始める。

朝食もあまり口にできず、ライラは何度も左目を覆ってみるが、これは夢ではないらしい。

鏡台の前に座り、マーシャに髪を整えてもらう間も、鏡の中の自分を見つめる。やはり瞳の色は両方ともダークグリーンだ。

「左目を隠していた髪も切ってしまいましょうか？」

鋏を手に持ち、マーシャが聞いてきた。不揃いな後ろ髪を切り揃えるためだったのだが、ついでにという話らしい。

ライラはしばし返答に迷ったが、たどたどしくも頷いた。マーシャの態度は普段とあまり変わらない。動揺しているのは本人ばかりだ。

緊張して見つめていると、鋏の小気味いい音と共に視界が開けていく。逆に眩しいくらいだ。両目でじっくりと世界を見るのはいつぶりか。

髪と共に、ライラの十八年分の重みも落ちていく気がした。けれど、どうしてもすっきりしない。

「いかがですか？　どこからどう見ても、普通の年頃のお嬢さんですよ。よかったですね。これからは周りの目を気にせずに済みますから」

マーシャの明るい声も耳を通り過ぎていく。自分が自分ではないようでどうしても居心地の悪さが抜けない。あんなにもこの左目の色が消えるのを待ち望んでいたのに。

「スヴェンさまもきっと驚かれますよ」

不意にスヴェンの名前を出され、ライラは肩を揺らした。

「う、うん」

起きた時点で案の定スヴェンの姿はなかった。おそらく彼も知ってはいないだろう。

スヴェンは今晩の迎冬会のために朝早くから城を出ている。彼は片眼異色ではなくなった自分を見て、なにを思うのか。なにを言われるのか。

想像すると胸の奥が痛みだした。うつむくライラにマーシャが心配そうに声をかけるが、頭に入ってこない。

代わりに、スヴェンに言われた台詞が思い出されていく。

『結婚なんて自分からする気もない。それこそ陛下の命令でもなければ』

『お前を守るために結婚したんだ』

つい数時間前まで、彼に想いを伝えようかと迷っていたのが嘘みたいだ。今はそんな気持ちが微塵も湧いてこない。

痛みと共に突きつけられた。

けっして忘れていたわけではない。自分たちの関係には理由があって、終わりがはっきりしていた。そして、そのときが来てしまっただけだ。

「本当に綺麗に消えるんだな」

マーシャからの報告を受け、ライラは王の前で膝を折っていた。国王・クラウスは不敵な笑みを浮かべて、ライラの顔をまじまじと見つめる。

ライラは深々と頭を下げた。

「陛下、今まで本当にありがとうございました。無事にこの日を迎えられたのは、陛下のご恩情があってこそです。感謝してもしきれません」

「俺はなにもしていないさ。今まで苦労した分、これからは普通の娘として幸せに過ごせばいい」

それからクラウスはライラの意向を尋ねる。ライラは自分の生まれた村に戻るつもりだと告げた。

「移動手段については、心配しなくていい。こちらで手はずを整えよう」

「ありがとうございます」

クラウスの申し出は正直、ありがたい。ライラは素直に受け入れる。

別れの段取りが確実に進められていく中、軋む胸を押さえていると、玉座から声がかかった。

「他にも望むものがあるなら遠慮なく言え。お前には多大な迷惑をかけたからな」

フューリエンの血を引く者として背負った運命に、なぜ王がそこまで責任を感じるのか、ライラには理解できない。

しかし今はそれを追求するときではない。ライラはしばし迷い、静かに「陛下」とクラウスに呼びかけた。彼を見上げ、躊躇いがちに口を開く。

「では、陛下の慈悲深さに甘えまして、ひとつだけかまいませんか？」

ライラの真剣な面持ちに対し、クラウスは笑みを崩さない。

「いいだろう。お前の望みを言ってみればいい」

迎冬会の開催を目前に控え、謁見の間ではなにやら不穏な空気が漂っている。

「なんだって⁉」

声をあげたのはルディガーが先だった。迎冬会の貴賓を護衛するため、城を出ていたスヴェンとルディガーが無事に戻り、王に報告に上がっていた。

そして、膝をついて形式的なやり取りを済ませてから、思ってもみなかった事実がクラウスの口から告げられたのだ。ライラの瞳の色が戻り、生まれた村に戻るため、すでに城を発ったという内容だ。

「そう声を荒らげるな。ライラの望んだことだ」

「どうして俺たちが帰ってくるのを待たなかったんだ！」

いつもは立場をわきまえるルディガーも、このときばかりは感情が抑えきれず、幼馴染みとしてクラウスに当たる。

王の側近にいい顔をされないのは間違いないが、当の本人はさして気にしていない様子で返した。

「しょうがない。冬が本格化する中で、移動するなら早い方がいいと判断したんだ」

「だからって……」

そこでクラウスの視線が、先ほどからなにも言わないもうひとりの男へ向いた。

「スヴェン、ライラはお前に特に感謝していた。お前の幸せを願っていると。フューリエンの護衛を兼ねた偽りの結婚生活、ご苦労だったな」

スヴェンはなにも言わず、表情もいつも通り読めない無愛想なものだった。クラウスを静かに見据えるが、その眼差しはいつになく鋭い。

クラウスは側近に目配せし、紙を二枚ほど持ってこさせる。そのうちの一枚をひょいっと手に取り、男共の方に紙面を向けた。

「心配しなくても、離縁の手続きに必要な書類には、ライラに署名させておいた。これにお前の名前を書けば任務終了だ」

興味なさげにライラのサイン入りの書類に目を通すと、クラウスは再びスヴェンに視線を戻した。

「国民へは、彼女の目の病が悪化し、どうしても帰郷せざるを得なくなったとでも言えばいいだろ。破談理由としては誰も悪者にはならない」

これでスヴェンには同情的な声が集まり、城からライラの存在が消えたことにも説明がつく。

「また署名しておけ。処理はこちらでしておく。話は以上だ。迎冬会も間もなく始まるぞ」

スヴェンはため息をついて、膝を折っていた状態から立ち上がる。そんなスヴェンを心配そうに見つめ、ルディガーも腰を上げた。

そのタイミングで、クラウスが忘れていたとでも言いたげにスヴェンに声をかける。

「スヴェン、俺の命令はここまでだ。後はお前が自分で決めろ」

『なにを?』と聞き返す気力も今のスヴェンにはない。本当にライラがいなくなった実感も湧かない。

最後に見たのは、穏やかな彼女の寝顔だった。部屋に戻れば、また自分を見つけて、あの笑顔で寄ってくる気がした。

妙な感覚だった。悲しみでも怒りでもない。かといって肩の荷が下りたと安心するわけでもない。まるで心にぽっかりと穴があいたような……それを喪失感と呼ぶのだとは、名前さえも出てこなかった。

スヴェンやルディガーの迎冬会での主な任務は、王家に関係の深い貴賓を無事に会場まで連れてくることだった。会場の警護自体は、他の団員たちもそれぞれの持ち場についている。

夜の帳が下りてくる頃、迎冬会の幕が開ける。会が始まれば、スヴェンやルディガーは会場に溶け込み、なにもないよう事の成り行きを見守るだけだ。

この時間はスヴェンにとっては、退屈以外の何物でもない。

優雅な音楽が豪華絢爛な大広間に響き、参加者たちが集まってきた。多くは仮面を身につけて素顔を隠す。馬鹿らしい試みだと、いつもより刺々しく会場を見渡した。

着飾った令嬢たち、笑顔を貼りつけて腹の探り合いをする貴族、王家に媚びを売ろうと必死な者。なにもかもが滑稽に思えて、スヴェンは王に近い会場の端で全体を眺めていた。

「バルシュハイト元帥」

不意に声をかけられ、注意を向ければ、ターコイズブルーのドレスを身にまとった若い女性が笑みをたたえていた。

細かい銀細工の施された深緑色の仮面をつけているので、顔ははっきりしない。ただ、伝わってくる雰囲気や立ち居振る舞いから、こういう場に慣れているのがわかる。

「一曲、踊っていただけません？」

「遠慮する」

すかさず断りを入れたが、彼女はひるまない。

「こんな美人がお誘いしているのに？　それともご結婚したからかしら？　奥さまはこの会場にはいらしていないの？」

いちいち答えるのも面倒で、スヴェンは視線を逸らした。

既婚者をダンスに誘うのは禁止されてはいないが、やはり慎む者が多い。それをわかっていて声をかけてくるのだ。彼女の自信は相当なものだった。

遠くでは同じく令嬢から誘いを受けているルディガーが目に入ったが、にこやかにかわしている。

「ダンスはお嫌いかしら？」

続けられた彼女の問いかけに、ふとスヴェンの記憶が呼び起こされた。

『スヴェンも……私のこと、嫌いじゃない？』

『スヴェンは……嫌じゃない？』

そういえばライラはいつも『好き』かとはけっして聞いてこなかった。否定してやれば嬉しそうに笑う。

嫌われていなければ、嫌でなければ、それでいいと満足していた。でも、本当にそうなのか。彼女はなにを望んでいたのか。

『フューリエンとか瞳の色とか関係なく、私自身を見て好きになってくれる人を探すの。私ね、誰かの特別になりたい！』

戯れに触れ合って、曖昧な言葉で確かめ合う。ルディガーの忠告もあったのに、心地よさにかまけて、結局はなにもはっきりさせていない。

『ライラは無鉄砲なところもありますが、いつも人のために一生懸命なんです』

『わかってる』

実際はなにもわかっていなかった。ライラが自身のために誰かになにかを強く望むことがない人間なのは、とっくに知っていたはずなのに。

『スヴェン、ライラはお前に特に感謝していた。お前の幸せを願っていると』

苛立ちを押さえ、スヴェンは唇を強く噛みしめた。彼女は今、どこにいるのか。なにを思っているのか。

　鬱陶しくも顔を上げて会場を見渡す。そこでふと、誰かと視線が交わった。

　珍しく相手を確認すれば、来客者の群れの中から一歩下がった位置で、他の令嬢たちに交じり、仮面をつけている女性がじっとこちらを見ている。

　スヴェンが注目されるのも、見られるのも珍しくはない。しかし彼女以外のすべてが、一瞬にして色を失う。

　淡い黄色いドレスにはフリルや花があしらわれ、髪はサイドから編み込まれてまとめられていた。シンプルな仮面の左側には、ドレスと同じ黄色い花が添えられている。

　スヴェンは思わず息を呑む。先に視線を逸らしたのは相手で、素早くその場を去り、さらに群衆に溶ける。

　スヴェンは彼女を目で追い、緩やかに足を進めだした。

「バルシュハイト元帥？」

　声をかけていた令嬢をも無視して、足早になる。

　ルディガーはスヴェンの異変に気づくも、状況が把握できない。なにかあったなら自分に声をかけるか、近くの団員に言伝するはずだ。

　高い位置にいる国王に目配せすれば、クラウスはルディガーに微笑んでみせた。なにもかも見透かす余裕のある表情だ。おかげでルディガーは特に動きもせず、呆然とスヴェンの後ろ姿を見つめた。

黄色いドレスを身にまとった女性が、いくつかある大広間の出入口から外に行くのを確認し、スヴェンも近くのドアから外に出た。

なんとなく、彼女がどこに向かっているのか見当がつく。

外に出れば、中の喧騒が夢のようだった。まったくの別世界。暗くて冷たい夜が広がっている。

そんな中、スヴェンは廊下を走り、静かに中庭に足を踏み入れた。外気は息を白く染め、他の人間の姿はない。ただ明るい月だけが暗闇を照らしている。

そしてスヴェンの予想通り、薬草園の前に彼女の姿はあった。こちらに背を向け、薬草園をじっと見つめている。

スヴェンは気配を消さずに大股で彼女に近づいた。すると彼女はすぐにスヴェンの存在に気づき、後ろを振り返って大きく目を見開く。

仮面の奥の瞳が揺れ、慌ててその場を去ろうとした。その前にスヴェンが素早く彼女の肩を掴み、強引にこちらを向かせる。

「ライラっ」

疑問形ではなく、確信を持って名前を呼べば、相手は驚きで瞬きさえできずに硬直した。スヴェンはすぐさま彼女の仮面に手をかける。

「やっ」

抵抗を見せるも力の差は歴然で、あっさりと彼女はスヴェンの前に素顔を晒した。両目共にくっきりとしたエメラルドの瞳がスヴェンを捉える。

思わず目を奪われると、ライラは顔を背けた。

最後に会ったときと、瞳の色も髪型も格好さえも違う。けれどスヴェンの目の前には、他の誰でもないライラがいた。

「なぜ、あんな場所に？　村に帰ったと……」

矢継ぎ早に状況を尋ねられ、ライラはおずおずと説明し始める。

「こ、これは、その……陛下のご意思で……スヴェンを騙そうとしたわけじゃ……」

話しながら、謁見の間で王に望みを尋ねられたときのやり取りを思い出す。

『スヴェンに……バルシュハイト元帥にお伝えください。あなたには感謝してもしきれない。あなたの幸せを心から願っている、と』

ライラの口から飛び出した内容に、クラウスは目を見張り、わずかに顔を歪めた。

『……それがお前の望みか？』

『はい』

『つまり、スヴェンには会わないまま城を発つと？』

クラウスの指摘にライラの顔が強張る。

本当は直接感謝の言葉を伝え、別れるのが筋だ。しかし今日、彼が城に戻るのは迎冬会が始まる直前だと聞いている。帰ってきてからもきっと忙しいだろう。

それは全部建前だ。スヴェンに会うのが今のライラは怖くてたまらない。フューリエンでなくなった自分を見られるのも。

想いを伝えるどころか、どんな言葉を交わして別れたらいいのかを考えなくてはならないなんて。

『わかった。聞き入れよう』

葛藤しているライラにクラウスから声がかかった。そして思わぬ言葉が続けられる。

『……ただし、ひとつ条件がある』

初めて城を訪れた際に告げられた台詞と同じものだ。ライラの体に、自然と緊張が走った。

それをほぐすようにクラウスは笑った。いつもみたいに含んだ笑みではなく、困惑も交じる優しいものだ。

『ライラ、俺と賭けをしないか？』

クラウスの言葉を反芻《はんすう》させ、ライラは今、スヴェンに向き直る。露出した肌に冷たい空気が刺さるが、体に力を入れ、自分を奮い立たせる。

『もしもスヴェンがフューリエンではなくなったお前でも見つけられたら、さっきの言葉は自分で伝えてやってほしいんだ』

スヴェンが自分に気づかなかったら、そのまま彼とは会わずにここを去る。そういう話だった。

残念だが賭けはライラの負けだ。けれど、どうしてか彼女の気持ちは温かかった。

今度はしっかりと両目でスヴェンを見つめる。ライラからの視線を受け、スヴェンも彼女の肩から手を離した。

そしてライラは一歩下がると、両側のドレスの生地を手で持ち、慣れない仕草で膝を折った。

「バルシュハイト元帥、今まで本当にありがとうございました。あなたには感謝してもしきれません。ですからどうか……」

そこで言葉を切った。うつむいてかしこまっていた姿勢から背筋を伸ばし、スヴェンに笑いかける。

「どこにいても祈っているから。スヴェンの幸せを。姿を変えても、見えなくなっても、いつも月がそばにあるように。どうかあなたに、満つる月のご加護があることを――」

月明かりに照らされたライラの笑顔は、確かに笑っているのになんだか泣きだしそうに見えた。消えてしまいそうな儚さに、スヴェンは彼女の腕をしっかりと掴む。

「いらない」

はっきりと拒否すれば、ライラは目を白黒させた。

「そんなのはいらないんだ」

念押しすると、ライラの表情には戸惑いとショックが入り交じる。スヴェンは彼女と目を合わせて、さらに畳みかけた。

「祈ってどうする？　願ってどうする？　ましてや俺の知らないところで。それでなにが変わるんだ」

彼らしい言い分だが、今のライラには痛いだけだ。視線を落とし、喉の奥を震わせてライラは声を発する。

「……だって私、もうなにもないから」

『おかしいと思ったんだ。スヴェンが結婚なんて。ましてや孤児院出身で身分も後ろ盾もなにもない、あなたみたいな女性と』

ユルゲンの言葉が棘となって、ライラの心にずっと刺さっている。それはごまかせない事実だ。フューリエンだから、ライラはスヴェンと結婚する話になった。スヴェンのそばにいられた。

しかし本来の自分はユルゲンの言う通り、彼に釣り合うものはなく、近づくことすら許されない存在だ。それを今日の迎冬会でも思い知らされた。

スヴェンの周りには身分ある綺麗な女性がたくさんいて、話しかけるのも高貴な人物ばかりだ。国王陛下に仕えるアードラーという立場もある。

慣れないドレスで、ダンスどころか歩くのさえぎこちないライラは、とてもではないがスヴェンの隣には立てない。そばにも行けない。

もしも本物のフューリエンだったら、スヴェンを幸せにできたのかもしれない。これからもそばにいられたのかもしれない。

馬鹿な考えがよぎって、むなしさだけが増していく。祈って願うことしか自分にはできない。それさえも許されないなんて。

視界が滲みそうになるのをぐっと我慢していると、頬に温もりを感じた。驚いて顔を上げれば、スヴェンがライラの頬に手を添え、切なげな眼差しを向けている。

「なにもない？　違うだろ。人間に心を開かなかった馬を使えるようにした。荒れ放題だった薬草園を手入れして、また花を咲かせた。シュラーフで飲める味のものを作った。それは全部、お前がフューリエンだとか関係ない。ライラ自身が成し遂げたことだろ」

視線を合わせ、ひとつひとつをまるで子どもに言い聞かせる口調でスヴェンは語る。

そして言葉を区切り、ライラの頬を優しく撫でた。

「それに、お前のおかげで俺は眠れるようになった。そばに誰かを置くのをずっと拒否していたのに、俺はお前がいないと眠れないんだ。どうしてくれる？」

思わぬ告白にライラは大きく目を見開いた。スヴェンは少しだけ表情を緩める。

「こんなふうに俺を変えたのはお前なんだ。お前は俺のものなんだろ。なに勝手にいなくなろうとしてるんだ」

「で、でも、結婚は陛下の命令で、私たちはもう……」

とっさに言い返したが、ライラは続きを言い淀んだ。ほんの刹那の沈黙の後、スヴェンが続ける。

「そうだな。だが俺はあの離縁の書類にはサインしていないし、するつもりもない。お前はこれからも俺のものなんだ。逃がしたりしない」

ライラは信じられない面持ちで、スヴェンをまっすぐに見つめる。スヴェンはライラとの距離を詰めて彼女を見据えた。

「好きになってくれる人間をわざわざ探しに行かなくてもいいだろ。俺じゃ駄目なのか？」

ぶっきらぼうな言い方だが、伝わってくる体温も、彼の言葉も、胸を熱くする。ライラは静かにかぶりを振った。

「駄目じゃない。他の人じゃ意味ない。私、ずっとスヴェンの特別になりたかったの」

意識せずとも涙がこぼれ落ち、ライラの頬も、触れていたスヴェンの手も濡らす。スヴェンはライラをそっと抱き寄せ、腕の中に収めた。

「私、フューリエンじゃないけど……そばにいてもいい？」

「俺はもうとっくにお前を手放せないんだ。俺に幸せになってほしいなら遠くで祈ってないで、そばにいろ」

祈るのも願うのもいらない。隣にいて笑っていればいい。それだけで穏やかな気持ちになれる存在はライラが初めてだ。

おかげで、認めるのにずいぶんと時間がかかってしまった。遠回りもした。

「スヴェンは、私のこと――」

腕の中でライラがおずおずと問いかけた。続けられる言葉を遮り、スヴェンが強く言いきる。

「愛してる。俺以外の誰にも触らせたくないし、渡さない」

ライラが顔を上げると、真剣な表情のスヴェンと目が合う。そのまま顔が近づき、口づけられた。今まで幾度となくキスを交わしてきたのに、こんなにも幸せで満たされるのは初めてだ。

瞳を閉じて受け入れていると、しばらくしてスヴェンの方から唇を離す。

「冷えてるな」

至近距離で心配そうな顔が映る。今さら胸をときめかせて、ライラは首を左右に振った。

「だ、大丈夫。スヴェンこそ、大事な迎冬会を抜け出しちゃって」

「俺のことはいい。部屋まで送っていくから、おとなしく待っていろ」

闇夜の寒空の下では、確実に体温を奪われる。ましてやライラは格好が格好だ。

スヴェンは自分のマントをライラにかけ、先を促す。ライラは部屋に戻るため一歩踏み出そうとしたが、スヴェンからエスコートする形で手を取られ、意識せずとも緊張が走った。触れた指先から熱が伝わる。

「スヴェンはどうして、私がわかったの?」

半歩先を歩くスヴェンに問いかけた。

肩先までの髪は編み込まれてすっきりとまとめ上げられ、格好も初めてのドレスだ。素顔も隠していたし、仮面から覗く瞳の色だってもう珍しくはない。

スヴェンはちらりとライラを見て、端的に答える。

「自分の妻だからな。どこにいても、どんな姿をしていても見つけられる」

そこで触れ合っていた手が強く握られる。ライラは顔を赤らめつつも目を細めて、大きくて骨ばったスヴェンの手を握り返した。

スヴェンの部屋の前ではマーシャが待機していて、ふたりに気づくと安堵の笑みを浮かべた。スヴェンが問いかける前にマーシャが答える。

「陛下に申しつけられておりましたので。おふたりで一緒に戻ってこられるのをお待ちしていましたよ。よかったですね、ライラさま。……いえ、よかったのはスヴェンさまでしょうか?」

嬉しそうなマーシャに、ライラは遠慮がちに声をかける。

「マーシャ、でも私はもうフューリエンじゃなくて……」

「ええ。ですから、これからはスヴェンさまの奥さまとしてお仕えしますよ。かまいませんね？」

最後にマーシャが尋ねたのは、もちろんスヴェンにだ。彼は目だけで応える。

「とりあえず湯浴みさせてやってくれ。ずいぶんと冷えている」

「承知しました。ちなみに、いかがでしたか？　ライラさまのドレス。素敵でしたでしょう。私が見繕わせていただいたんです」

マーシャに話題を振られ、スヴェンは改めてライラを見た。彼からの視線を受け、ライラは気恥ずかしさで目を伏せる。

「いいんじゃないか。よく似合ってる」

からかい半分だったマーシャは、驚きで目をぱちくりとさせた。意外なのはライラも同じだ。スヴェンは気にせず踵を返そうとする。

「俺は戻る……ライラ」

呼びかけられ、ライラはスヴェンと目を合わせた。

「極力早く戻ってくる。どこにも行くなよ」

「うん。スヴェンが帰ってくるのをちゃんと待ってるね」

ライラの答えにスヴェンは満足して口角を上げた。その笑みはいつになく優しくて、ライラの胸を十分に高鳴らせた。

ドレスを脱ぎ、湯浴みを済ませて、言われるがままスヴェンの部屋で待つライラだったが、そわそわと落ち着かず、ずっと部屋の中を行ったり来たりしていた。

日付が変わりそうな時間だが、不思議と眠たくはならない。それよりも先ほどから鳴りやまぬ心臓とずっと格闘していた。

そのとき前触れもなくドアが開かれ、びくりと肩を震わせる。

「なにしてるんだ？」

部屋の真ん中で立ちすくんでいるライラに声がかかった。

「おかえり、なさい」

団服姿ではなく、ラフな格好をしたスヴェンが現れ、ライラは彼に向き直った。

ライラはゆったりとした、肩口が開き気味の長袖の夜着を身にまとっている。色は白で、袖口と裾が広がりを見せ、シンプルだが可愛らしい。選んだのはもちろんマーシャだ。

「迎冬会は大丈夫だった？」

「問題ない」

短く返され、言葉に迷っていると、スヴェンが呆れた面持ちになる。

「お前な、今さらそんなに意識してどうする？」

「だ、だって……」

あっさりと言い当てられ、ライラは狼狽える。ここでスヴェンと夜を過ごすのは初めてではない。なんなら昨日だって同じベッドで眠った。

けれど、今の自分はフューリエンではなく、片眼異色も消えていると思うと、大義名分が消えた気がしてどうも落ち着かない。

「いいからこっちに来い」

ベッドに腰かけたスヴェンがライラを呼んだ。スヴェンの真正面までたどたどしく歩み寄ると、彼がライラに手を伸ばし、自分の方に引き寄せた。

おかげでライラはベッドに膝立ちする形で、スヴェンを見下ろす。腰に回された腕の感触に鼓動が速くなる。

「なんだか信じられなくて。私が今ここにいるの……いいのかな？」

実感が湧かずに、不安にも似た感情がどうしても消えない。白状して告げれば、スヴェンがそっとライラの前髪に触れた。

「いいもなにも、夫婦だろ。フューリエンとかは関係なく、俺がそばに望むのはお前だけだ」

　スヴェンの言葉で、ライラのモヤモヤした気持ちが晴れていく。自然と笑顔になり、ライラはスヴェンの額に自分の額を合わせた。綺麗なふたつの深い碧が彼を捉える。

「これからも、よろしくお願いします。旦那さま」

おどけて言ってみせ、ライラから軽く唇を重ねる。意外な行動にスヴェンは目を丸くした。それを受け、ライラが困惑気味に眉尻を下げ、頬を赤くする。

「私も……したくなったの」

　今までのお返しと思って小さく呟けば、スヴェンは回していた腕にさらに力を入れ、ライラを腕の中に閉じ込めた。そして強引に口づける。ライラは戸惑うも目を閉じ、彼からのキスを受け入れた。

　長くて甘いキスに先に根負けしたのは、息を止めていたライラで、思わず唇を離す。ところが瞬時に口を塞がれ、キスは続けられた。

　どのタイミングで呼吸すればいいのかわからず、酸素を求めてわずかに口を開けると、その隙間に舌を滑り込まされる。

　初めての感触に驚いて、反射的にライラは顎を引きそうになったが、それをスヴェンが阻んだ。

「逃げるな」

吐息を感じるほどの距離で発せられた声には、切なさも入り交じっている。頬に手を添えられ、射貫くような眼差しに、ライラは心臓を鷲掴みにされた。

けっして嫌ではなくて、ただ経験がないからどうすればいいのかわからない。それをスヴェンも見越している。

そっと髪を撫でられ、サイドの髪を耳に掻き上げられると、ライラは見開いていた目をわずかに伏せた。それを合図に口づけは再開される。

今度はわずかに唇の力を緩めて、ぎこちなくもスヴェンを受け入れた。

触れるだけの口づけを何度も繰り返され、舌も使って緩やかに懐柔されていく。

「んっ……ん」

キスは完全にスヴェンのペースだった。ただ一方的なものではなく、時折ライラの頬や頭に触れ、気持ちを落ち着かせてやる。

ライラはスヴェンのシャツをぎゅっと掴み、なんとか応えようと必死だった。その姿がいじらしくてスヴェンの欲を煽《あお》る。

奪われる口づけに翻弄され、ライラは目眩を起こしそうだった。荒い息遣いも甘ったるい声もすべてが刺激となって、知らぬうちに自分からも求めてしまいそうになる。

唇が離れ、ライラはスヴェンの顔を直視できず、彼にもたれかかった。肩で息をするライラをスヴェンは優しく抱きしめる。

「ライラ」

耳元で低く名前を呼ばれ、ライラの背筋が震えた。恥ずかしくて顔が上げられずにいると、露わになっている首筋に生温かい感触を感じる。

「ふっ」

思わず声が漏れてしまい、なにかに必死に耐える。スヴェンはゆっくりと彼女の白い肌に舌を這わせ、肩口に音をたてて口づけた。

おもむろにライラが顔を上げ、目が合った瞬間、スヴェンはライラを抱きしめたままベッドに倒れ込んだ。素早く体勢を変えられ、スヴェンが上になる。

背中にベッドの柔らかい感触を受け、目の前には整った顔のスヴェンが、情欲の色を宿した瞳で自分を見下ろしている。声も出せず、ライラは相手をじっと見つめた。

頬に手を添えられ、スヴェンが愛おしげにライラに触れる。大きくて骨ばった手は優しくて温かい。無意識に目の奥に熱がこもり、ライラは衝動的に声を漏らした。

「……スヴェンが好き。こんなふうに誰かを望むのは初めてなの」

今まで誰かと関わるのが怖くて避けていたのは、ライラも同じだった。正直な想いを口にすると、スヴェンは一瞬だけ目を見張り、すぐに微笑む。

「それはこっちの台詞だ」

ライラの顔にも笑みが浮かぶ。幾ばくか心が和らいだライラは、自分からスヴェンに手を伸ばした。

「寒い」

意表を突かれたスヴェンの背中に、おそるおそる腕を回す。もっと近くに来てほしい。この気持ちに偽りはない。彼から目を逸らさずに続けた。

「温めてほしいの」

スヴェンの表情が、すぐにいつもの余裕めいたものになる。

「どうやって?」

「それは……その、スヴェンにお任せします」

たじろぐライラの頭を、スヴェンが優しく撫でる。

そのまま瞼に口づけが落とされ、ライラは幸せな気持ちで彼に身を委ねた。

エピローグ

冬解け間近のアルント城では、朝から城の者たちが目まぐるしくバタバタと準備に追われている。今日は城で結婚式が行われるからだ。城での挙式は特別なもので、王家の人間や、一定の身分以上の者のみが許されている。

書類が重要なのは庶民も貴族も共通しているので、国王の前で誓う儀式はいわば招待客のために行うものであり、これを通して配偶者は大々的に国民にお披露目される。スヴェンとしては億劫でしかないが、アードラーという自分の立場を鑑みれば、避けては通れないらしい。

部屋では、白の儀礼服に身を包んだスヴェンが不機嫌そうに壁に背を預けている。そこにルディガーと、国王陛下としてではなく親友として顔を出したクラウスが、祝いの言葉を述べるという名目で他愛ない会話を繰り広げていた。

「それにしても、お前は相変わらずまどろっこしいやり方をするな」

ルディガーがクラウスに恨みがましい視線を送る。ライラとクラウスの賭けの件だ。

ライラがてっきりスヴェンに会わないまま城を去ったと思っていたルディガーは、

後から事情を聞いて、かなり驚いた。

クラウスは涼しい顔でルディガーの視線をかわす。

「ライラの願いを叶えてやっただけだ」

そこでスヴェンの方を軽く見やり、目を伏せて微笑んだ。

「あいつが願ったのはスヴェンの幸せだからな」

スヴェンがなにかを返そうとしたとき、部屋のドアが遠慮なく開け放たれる。無礼を咎める前に、血相を変えたマーシャに全員の注目が集まった。

「大変です、スヴェンさま！　ドレスは着せたのですが、まだ支度もありますのに、ライラさまが部屋にいらっしゃいません！」

まさかの事態に、場が水を打ったようにしんとなる。珍しく動揺しきっているマーシャをよそに、ちらりとスヴェンを見て口火を切ったのはルディガーだった。

「式前に花嫁逃亡……お前との結婚が嫌になったんだろ」

「ライラもついに目を覚ましたか」

クラウスも付け足した。スヴェンは難しい顔をして息を吐くと、もたれかかっていた壁から背を浮かした。部屋を出ていこうとするスヴェンにルディガーが問いかける。

「どこに行くんだよ？」

「迎えに行くんだ。見当はついているからな。どこへ行っても捕まえる」

マーシャに支度の部屋で待機するよう命じ、スヴェンは部屋から姿を消した。嵐が去った後のような静けさの中で、クラウスが誰に言うわけでもなく呟く。

「……結婚が人を変えるというのは、どうやら本当らしいな」

「いや。あいつを変えたのは結婚じゃなくてライラだろ」

すかさずツッコんだルディガーに、クラウスも笑って同意する。

「そうだな」

そのノリでルディガーはもう少しクラウスに踏み込んでみた。

「で、お前の愛おしい人にはそろそろ会えそうなのか？」

生まれたときから国王になる運命を背負っていたとはいえ、実は幼馴染みの中でクラウスは一番の秘密主義者だった。今回のライラの件にしても、どこまでが彼の目論見通りだったのか。

「どうだろうな」

「見逃すなよ」

茶目っ気交じりに返したルディガーに、クラウスはふっと微笑んだ。

「心配しなくても、会えばひと目でわかる」

それは、クラウスの探している相手がライラと同じ片眼異色……フューリエンという意味なのか。

ルディガーが尋ねようとしたところで、クラウスはルディガーをまっすぐに見据えた。顔には相変わらず不敵な笑みをたたえている。

「魂がひざまずく」

なんとも言えない圧にルディガーが言葉を失っていると、クラウスが軽い調子で反撃に出る。

「お前こそ、そろそろ決着をつけたらどうだ？　スヴェンも結婚したんだ。そばに置いて飼い慣らしている現状に安心しきっていると、そのうち手を噛まれるぞ」

「その忠告はスヴェンからもいただいたよ」

やれやれと肩をすくめるルディガーに、真顔で切り込んだ。

「……俺なら奪うけどな」

「やめろよ」

即座に苦い顔で返すルディガーだが、改めて窓の外を見つめた。空が青く、いい天気だ。長く暗かった冬ももう終わる。

「まあ、結局俺たちの中では、スヴェンが一番不器用だけれど素直だったっていうことだ」

そろそろ式の準備に取りかからなくてはならない。祝うべき当の本人がここにいないなら、長居も無用だ。ルディガーとクラウスも、それぞれ部屋を後にした。

スヴェンは外に出て、冷たい空気に眉をひそめて歩を進めた。そして目的地に着き、彼女の名を呼ぶ。

「ライラ」

予想通り薬草園の中にライラの姿はあり、入口から背を向けていた彼女は、声をかけられると即座に振り返って、大きな瞳をさらに丸くした。

シンプルな純白の花嫁衣装に身を包んでいるが、それをどこまで意識しているのか。それほどまでに、ここにいる彼女は普段のままだった。

「こんなときになにをしているんだ。マーシャが探していたぞ」

「えっと、ちょっと思い出したことがあって……」

歯切れ悪く答えるライラに、スヴェンはため息交じりで近づいていく。

「どうした?」

尋ねてから、ライラの手に小さな青い花が握られているのに気づいた。それを彼女はスヴェンに差し出す。

「あのね、これを探していたの。ほら、前に話したグリュックっていう花。無事に咲いたみたい。『幸福の青い花』って言われていて、寒い冬を越えて花を咲かすから、とても強くて縁起がいいものなんだよ」

以前、ここで彼女と話したのを思い出す。あのときはわびしい印象しかなかったが、今は小さく青い花が彩りを添えている。ライラはスヴェンの胸元にグリュックをそっと添えた。

「実はこれ、結婚式の定番の花でね。花婿でも花嫁でもどちらでもいいから、身につけると幸せになれるんだって」

「花なら俺よりお前だろ」

ライラは慎重にスヴェンの胸元から手を離し、彼を見つめた。

「でも、スヴェンに幸せになってほしいし」

スヴェンがなにかを言い返そうとする前に、満面の笑みを彼に向ける。

「それにね、スヴェンがいるから、私はもう十分に幸せだよ」

きっぱりと言いきると、おもむろにドレスの両裾を軽く掴んで、改めて花嫁衣装に視線を落とす。

「子どもの頃に教会で見た花嫁さんになれる日が、自分に来るなんて思ってもみなかった。ありがとう、スヴェン」

それはスヴェンにとっては、こちらの台詞だった。国王陛下の命令で仕方なくと思っていた結婚が、まさか自分にとって幸せをもたらすものになるとは。

自分が誰かを幸せにできるなど思いもしなかったし、望んでもいなかった。

でも今はライラが笑うと、自然に心が満たされる。幸せにしたいと思う。

「……お前が幸せなら、その点だけは救いだな」

優しく答えてから、スヴェンは一度軽く目を閉じる。続けて、目を開けるとぶっきらぼうに呟く。

「ただ、結婚式なんて面倒なだけだ。群衆の前で、今さら陛下や神にあれこれ誓ってどうする？　無意味だろ」

スヴェンらしくてライラは苦笑した。ライラ自身も緊張を通り越して、結婚式など実感が湧かない。もう本番が迫っているというのにだ。

とりあえず、スヴェンをなだめようと口を開こうとする。しかし先に続けたのはスヴェンだった。

「……でも、お前自身になら何度でも誓ってやる」

次の瞬間、スヴェンはライラとの距離を詰め、まっすぐに彼女を見つめた。迷いのない瞳がライラを映す。

「ライラが幸せなら、俺はそれでいいんだ。泣きたくなったら泣けばいい。最後には笑って、これからも変わらずずっとそばにいるなら、愛でも約束でもなんでも捧げてやる」

そこでスヴェンはライラの額に自分の額を重ね、至近距離ではっきりと伝える。

「一生かけて守っていく。だから絶対に離れるなよ」

低い声色はライラの鼓膜を震わせ、胸にずっしりと響く。

瞬きもできずに固まっていたライラだが、穏やかな緑色の瞳が大きく揺れると、みるみるうちに目元に涙が溜まっていった。

ライラはスヴェンの言葉を噛みしめて、頷きながら答える。

「うん……うん。私も誓うから。陛下にでも神さまにでもなく、スヴェン自身に。ずっとそばにいさせてね」

その言葉を封じ込めるかのごとく、ゆっくりとスヴェンが唇を重ねた。立会人も証人も誰もいない。けれど皆の前で行う宣誓よりも、よっぽど確かで揺るぎない。

ずっと他人と距離を置いて生きてきたふたりが、自分を変えてしまう相手に出会った。そこからすべては始まった。

スヴェンはライラと初めて会ったときを思い出す。片眼異色で黄金の瞳。なにもかもが目に焼きついているが、惹《ひ》かれたのはそこじゃない。

ライラがこんなにもスヴェンにとってかけがえのない存在になったのは、彼女が彼女自身だったからだ。

急がなくては、と思いつつ、もう少しだけライラとここにいたい気もする。

青い空から、黄金色ではなく白く満ちていく月がふたりを静かに見守っていた。

特別書き下ろし番外編　甘い香りより

ドアを開けた瞬間、部屋の空気に甘やかな香りが交ざっているのに気づく。そちらに意識を向けるよりも先に、部屋にいた人物から声がかかる。

「スヴェン？」

大きい瞳を丸くしてソファに腰かけていたライラが、信じられない面持ちで夫を見つめた。すぐさま立ち上がり、団服姿の彼の元へと近づく。対するライラはいつもの夜着に、お馴染みのローブを羽織っていた。

「まだ起きてたのか」

スヴェンは呆れた声色で呟いた。途端にライラはむっとした顔を見せ、眉をひそめるというより口を尖らせる。まるで親に注意された子どもみたいな拗ね方だ。

「そこまで遅い時間じゃないでしょ。どうしたの？　今日は帰れないかもしれないって言ってたのに……」

スヴェンは一昨日から、隣国と国境付近の軍部体制についての話し合いをするため、城を発っていた。おそらく帰還は明日になると聞いていたので、ライラが驚くのも無理はない。

「思ったよりも問題なく話がまとまったんだ」

「そうなの」

端的な回答にライラも短く答えた。するとスヴェンが意地悪い笑みを浮かべる。

「早く帰ってきて不満か？」

からかいを含んだ口調に、ライラは生真面目に首を横に振った。続けて彼女は笑顔で答える。

「ううん、嬉しい！　おかえりなさい」

面食らったのはスヴェンの方で、こういうとき、ライラの素直さに自分は救われているのだと実感する。

わずかに目を細め、ライラに触れようとしたが、彼女は意図せずさらっと彼から距離を取った。

「湯浴みしてくる？　それとももう休む？　お茶が希望なら淹れるよ」

なんとか妻として彼の世話を焼こうと、せわしなく次の行動に移ろうとするライラに、スヴェンは軽くため息ついた。行き場を失った手で顔を覆う。

その仕草にライラは不安を覚えて、彼に尋ねる。

「スヴェン、大丈夫？　疲れてる？」

「そうだな」

スヴェンの回答にライラは身を固くする。こういうとき、妻としてはどうするべきなのか。佇んで思案していると、今度はスヴェンからライラに歩み寄ってきた。

「余計な気を回す必要はない」

「でも私、奥さんなのに――」

そこで言葉が途切れる。スヴェンがライラの細い肩に手を伸ばし、腕の中に閉じ込めたからだ。突然の温もりと彼の行動に、ライラは目を見開く。

「だったら、おとなしく抱かれてろ」

続けて耳元で囁かれた言葉は、さらに動揺をもたらした。とにかく彼の言葉の真意を深く考えず、ライラはこの状況を受け入れる。

おずおずと背中に腕を回すと、抱きしめる力が強められる。少し痛いくらいがちょうどよく、不快さはまったくない。さらに彼の胸に顔をうずめ、慣れた温もりとにおいをもっと感じようとした。

そのとき妙な違和感が走り、ライラは閉じようとしていた目を再び開けた。

「ライラ」

ふと名前が呼ばれ顔を上げると、スヴェンの端正な顔が目に映る。漆黒の瞳と目が合えば、おもむろに顔が近づき、唇が重ねられた。

触れるだけの口づけを幾度となく繰り返す。ライラの心臓はこの時点で早鐘を打ちだしていた。

軽く唇を舐め取られ、ライラは緩やかに唇の力を抜く。すると、待っていたといわんばかりに口づけは深いものになり、より求められる。

「ふっ……ん」

あっさりと舌を絡め取られ、口内を刺激されていく。反射的に逃げようとするも、腰に回された腕に力が込められ、叶わない。

いつもならライラも『もっと』と応えようとするが、今は心なしか抵抗を見せた。それがスヴェンには意外で、思わずキスを中断させる。

唇が離れると、ライラの口からは言葉よりも先に荒っぽい息遣いが漏れ、その後で切れ切れに彼女は伺う。

「スヴェン……お酒、飲んでる？」

ライラの問いにスヴェンは一瞬だけ目を白黒させ、ややあって正直に答える。

「少し……嫌か？」

頬を撫でて尋ね返すと、ライラはなにも答えず伏し目がちになった。拒否されないのをいいことに、スヴェンは彼女の顎に手をかけ、口づけを再開させる。

ところが、どうもライラの気持ちに躊躇いがあるのが、キスを通しても伝わってくる。おかげで今度はスヴェンから口づけを終了させ、至近距離でライラに問う。

「どうした?」

「ううん」

まっすぐに見つめるスヴェンに対し、ライラは目を泳がせた。なんとも曖昧な返事に、スヴェンはつい眉間に皺を刻む。

ライラはそんな彼の態度に観念し、自分の抱いていた違和感をこわごわと白状する。

「気のせい、かな?　スヴェンから甘い香りがする……」

ライラの指摘にスヴェンは思わず固まった。ここで形勢が一気に逆転する。この香りの正体がなんなのか。心当たりはある。

隣国との会合で交渉は早くにまとまり、先方はわざわざ足を運んだ来訪者たちを労うのと、今後の付き合いがより長く続くようにとの意味も込め、簡単な祝宴を開いた。付き合い程度で早々と場を切り上げようとスヴェンは思っていたが、そこで交渉に当たった大臣の娘に気に入られ、ずっと隣にいられたのだ。

スヴェンが結婚しているのは父親から聞いているらしいが、気にする素振りはまったく見せず、彼女の情熱は止まらない。きらびやかなドレスに、甘い人工的な香りが全身から漂う。

典型的な甘やかされた令嬢だが、立場上、無下にはできずにいた。数時間の辛抱と自分に言い聞かせてやり過ごしたが、まさかこんな置き土産を残されていたとは。

言い訳めいたものがいろいろと浮かぶが、スヴェンが口を開く前に、ライラが申し訳なさそうに笑った。

「ごめんなさい。なにもないのも、仕事なのもわかってるから」

その言い分でスヴェンは、ライラは事情を察しているのだと悟った。そんな彼女に下手に取り繕っても無駄なだけだ。

スヴェンは自分の襟元に手をかけ、素早く黒と赤の団服を脱ぎにかかった。まさかの行動にライラは目をぱちくりとさせる。スヴェンは中のシャツ一枚と黒のズボン姿になると、脱いだ団服をソファの背もたれに乱暴に投げた。

「ほら。これでいいか?」

言い方はずいぶんと上から目線だったが、声にはわずかに窺う姿勢も入っている。

ライラはスヴェンの不器用な気遣いに顔を綻ばせ、彼に抱きついた。

「ありがとう」

「別に。嫉妬されるのもまんざらでもない」

「うん。……そうだね、妬いてたのかも。やっぱりちょっと嫌だったから」

直球すぎるライラの言葉に、スヴェンはこっそりと息を吐いた。本当に自分の心をここまで揺らすことができるのはライラだけだ。

スヴェンは一度抱きしめる力を緩め、ライラを解放する。続いてなにも言わず彼女をソファまで促した。

先に自分が腰かけ、立ったまま戸惑っているライラの手を引いて膝の上に座らせる。彼女の細い腰に、背後から遠慮なく腕を回した。

ライラとしては後ろから抱きしめられる格好になり、相手の温もりが正面から一転、背中から伝わってくる。スヴェンが薄着になったから、体温が余計にしっかりと感じられた。

今度こそ安心して、ライラはスヴェンに身を委ねようとした。だが自然と瞳を閉じようとしたところで、慌てて目を開ける。

スヴェンが、前で留めているライラのローブの紐に手をかけたからだ。

「な、なに？」

「脱がしてる」

ライラの上擦った声には、冷静な回答が返ってきた。

「ま、待って。なんで私を脱がすの⁉」

「お前が煽ることばかり言うからだろ」

ライラとしてはまったく身に覚えがない。そう抗議しようにもスヴェンの手の動きは止まらず、あっさりとローブは彼女から離れ、夜着一枚になった。白い肌が空気に触れ、無意識に身震いする。

「んっ」

さらに項に口づけられ、唇の感触に声を詰まらせた。思わず肩に力が入る。

スヴェンはそのままライラに触れ続けようとしたが、不意に甘い香りが鼻先を掠めた。目だけ動かし視線を向ければ、ソファの前のテーブルに白い花器が置かれ、そこには真新しい花が活けられている。

部屋に入ったときからずっと漂っている香りの正体は、これだった。桃色の小さな花がいくつも集まって固まりとなり、形状も目を引く。

ライラは薬草はもちろん花も好きだが、彼女にしては珍しい選択だと、スヴェンは思った。

「この花は、もらったの」

スヴェンの心を読んでか、ライラが唐突に説明する。

「もらった？」

「うん。今日セシリアさんと街に行ったとき、花売りに声をかけられて。珍しく若い男性でね、いっぱい質問されて困ったけれど話し上手で。試しにどうぞっていただいたの」

ライラの表情はよく見えないが、声は弾んでいた。彼女は楽しそうに話すが、スヴェンは眉を寄せる。

セシリアと街に行く話は聞いていた。しかしスヴェンとしては、花売りが純粋な客としてライラに対応したのかは疑問だ。誰に対してもそんな真似をしていたら、商売上がったりだ。

「気に入ったら、また買いに来てって言われたんだけど……」

スヴェンの考えを裏づける発言がライラから出たが、当の本人はおそらく気づいていない。

結婚式も無事に執り行われ、その姿をお披露目したとはいえ、正確にアードラーの妻としてライラの顔を覚え、認識している国民がどれほどいるのか。

気取りもせず純粋なライラは、それこそ町娘と同じ格好でいれば、愛らしい年相応の娘そのものだ。

今までは瞳の色もあり、他者から敬遠されたり、ライラ自身もあまり人と関わろうとはしなかったが、今は違う。素直で笑顔も可愛らしく、彼女の魅力に今さら気づく者が多いのを、スヴェンはよく知っていた。

「勝手にもらってきて、怒ってる？　この花、嫌だった？」

気づけばライラが首を動かして、すぐ後ろのスヴェンを心配そうに見つめている。

スヴェンは黙り込んだ状態で、表情は不機嫌そのものだった。

ライラを安心させるためにも、厳しい顔つきを心持ち緩め、ため息交じりに答える。

「花が嫌いなんじゃない。甘ったるい香りと、花につく虫が気に食わないだけだ」

スヴェンの回答に、ライラは活けてある花を見る。

「でも、これには――」

虫はついていなかったはず。そうフォローする前に唇を塞がれる。先ほどよりも強引でいささか乱暴な口づけだった。

容赦のないキスをしつつ、スヴェンはライラの腰に腕を回し、横抱きする形になるよう体勢を変えさせる。ライラの両足は行儀悪くソファに乗り上げるが、彼女に気にする隙さえ与えない。

触れ合う唇はもちろん、頬に添えられた手も大きくて熱い。指先で耳に触れられ、ライラは思わず身をすくめる。

唇が離れると、続けて彼の鋭い眼差しがライラを捉えた。至近距離で射貫くような力強さに、ライラは息を呑む。

スヴェンはゆっくりと慈しみと情欲を絡めて、ライラの唇を親指でなぞる。

「あの花より、こっちの花を愛でる方がよっぽどいい」

大きく目を見張るライラをよそに、スヴェンは再び彼女の唇を奪い、空いた手でライラの白い肌に触れる。

「ふっ……んっ、や」

抵抗したいのか、受け入れたいのか。相反する気持ちがライラの中でせめぎ合う。とはいえ結果は見えていた。どうしたって最後に自分は溺れてしまう。

彼の口から出る言葉は、いつもぶっきらぼうで、わかりづらくて。でも触れる手つきはひどく優しくて、温かい。

(いつだってスヴェンはずるい)

ライラがおとなしくスヴェンの首に腕を回すと、彼は遠慮なくライラの白い肌に口づけ、赤い痕を残していく。余裕のない自分に内心で嘲笑する。

結局、どう抗ってもライラには敵わない。嫉妬されるのも悪くはないと言っておいて、実は自分の方がずっと嫉妬深くて独占欲が強い。ここまで誰かに執着するとは、彼女と出会う前には考えられなかった。

とはいえ煩わしいとは思わない。愛する妻のことだ。なにが悪いのか。心の中で自身に言い訳する。

今日帰ってきたのは、交渉が思ったよりも手間取らずにまとまったのも事実だが、それ以上にスヴェンが早くライラの元に帰りたかったからだ。ただし、それを伝えるのは後だ。

とにかく今はライラを愛したくてたまらない。

次に彼女が街に行くときは、なんとか都合をつけて自分も同行しようと、心の中でひっそりと誓った。

END

あとがき

このたびは『冷徹騎士団長は新妻への独占欲を隠せない』をお手に取ってくださり、ありがとうございます。作者の黒乃 梓です。

書き手としては、ファンタジーは世界観を想像して描くのが楽しくもあり、難しいところでもあると思っています。私もかなり苦戦しました(泣)。

でも完結させたときの感動は、やっぱりひとしおですね。

このアルント王国を舞台とした、スヴェンとライラの不器用な恋物語を少しでも楽しんでいただけたなら、作者としては幸いです。

ちなみにルディガーとセシリアの上官×副官コンビの恋模様はサイトで完結させていますので、よろしければ覗いてみてください。

ここで裏話。表紙に描かれているバラは、イラストを手がけてくださった浅島ヨシユキさんの発案で、ヒロインの『ライラ』と同じ名前のバラがあるということで描いてくださいました。園庭や団服など細部まで世界観を大事にしてくださっているので、素敵なロゴも併せてじっくりご堪能ください（私も何度も眺めています！）。

さて、今作は私のベリーズ文庫四冊目となるのですが、実は電子書籍も併せると、ちょうど十冊目の書籍化作品となるんです。

偶然にも節目の十作目がファンタジーというのは、なにかの巡り合わせでしょうか。現代ものも好きですが、ファンタジーも書き続けていきたいです。

最後になりましたが、書籍化の機会を与えてくださったスターツ出版さま。今回で四作目のお付き合いになる担当の三好さま、矢郷さま。イラストを描いてくださった浅島ヨシユキさま。サイトで応援してくださった皆さま。この本の出版に関わってくださったすべての方にお礼を申し上げます。

なにより、今このあとがきまで読んでくださっているあなたさまに心から感謝いたします。本当にありがとうございます。

いつかまた、どこかでお会いできることを願って。

黒乃《くろの》　梓《あずさ》

黒乃 梓先生への
ファンレターのあて先

〒104-0031
東京都中央区京橋1-3-1
八重洲口大栄ビル7F
スターツ出版株式会社　書籍編集部　気付

黒乃 梓先生

本書へのご意見をお聞かせください

お買い上げいただき、ありがとうございます。
今後の編集の参考にさせていただきますので、
アンケートにお答えいただければ幸いです。

下記URLまたはQRコードから
アンケートページへお入りください。
https://www.berrys-cafe.jp/static/etc/bb

ベリーズ文庫

この物語はフィクションであり、
実在の人物・団体等には一切関係ありません。

冷徹騎士団長は新妻への独占欲を隠せない

2019年5月10日　初版第1刷発行

著　者　黒乃 梓

発行人　松島 滋
デザイン　カバー：菅野涼子（説話社）
フォーマット：hive & co.,ltd.
校　正　株式会社　文字工房燦光
編集協力　矢郷真裕子
編　集　三好技知（説話社）
発行所　スターツ出版株式会社
〒104-0031
東京都中央区京橋1-3-1　八重洲口大栄ビル7F
TEL　出版マーケティンググループ　03-6202-0386
（ご注文等に関するお問い合わせ）
URL　https://starts-pub.jp/
印刷所　大日本印刷株式会社

Printed in Japan

乱丁・落丁などの不良品はお取替えいたします。
上記出版マーケティンググループまでお問い合わせください。
定価はカバーに記載されています。

ISBN 978-4-8137-0680-9　C0193

ベリーズ文庫　2019年5月発売

『冷徹騎士団長は新妻への独占欲を隠せない』　黒乃《くろの》 梓《あずさ》・著

とある事情で幽閉されていたところを、王国の騎士団に救出された少女ライラ。しかし彼女を狙う者はまだ多く、身を守るため、国王の命令で堅物な騎士団長スヴェンと偽装結婚をすることに。無愛想ながらも常に彼女を守り、しかも時に甘い独占欲を見せてくる彼に、ライラは戸惑いつつも籠絡されていき…!?

ISBN 978-4-8137-0680-9／定価：本体650円＋税

『懲らしめて差し上げますっ！～じゃじゃ馬王女の下克上日記～』　藍里《あいさと》まめ・著

お転婆な王女・ラナは、兄であるポンコツ王太子の浪費癖に国の未来を危惧し、自分が王になることを決意。だけど、それは法律上不可能。法律を変えるため父王から出された条件は、国にはびこる悪を成敗すること。身分を隠し旅に出たラナは愉快な仲間と共に、片っ端から華麗な『ざまぁ』をおみまいしていき…！

ISBN 978-4-8137-0681-6／定価：本体620円＋税

『ブラック研究所からドロップアウトしたら異世界で男装薬師になりました』　佐藤三《さとうあた》・著

薬剤師を目指して大学院に通うリナは、車に轢かれ短い人生の幕を閉じる。しかし…異世界転生して２度目の人生がスタート!?転生先では女性が薬師になることは許されないため、男装して研究に没頭するリナ。しかしある日、木から落ちたところを王太子・ミカエルに抱きとめられ、男装がバレてしまい!?

ISBN 978-4-8137-0682-3／定価：本体640円＋税